Wilfried N'Sondé

La Reine aux yeux de lune

Kimpa Vita,
la jumelle née de la guerre

roman

Robert Laffont

ISBN : 978-2-221-25969-6
Dépôt légal : août 2023
Éditions Robert Laffont – 92, avenue de France, 75013 Paris

… à ma mère, Marie-Joséphine Mienandi.

Un jour pourtant un jour viendra couleur d'orange
Un jour de palme un jour de feuillages au front
Un jour d'épaule nue où les gens s'aimeront

Louis Aragon, *Le Fou d'Elsa*, Gallimard, 1963

Ma mère m'offrit la lumière du jour un dimanche à l'automne de l'an 1685, mais chaque fois qu'Appolonia Mafuta me raconta cette histoire, elle précisait que ma vie avait vraiment commencé la veille. Dans la nuit qui précéda ma naissance, celle qui officiait comme accoucheuse, faiseuse d'anges, guérisseuse, et servait parfois d'intermédiaire entre les vivants et les esprits des ancêtres, s'était réveillée en sursaut. La Vierge Marie, entourée d'un léger voile blanc qui laissait échapper une mèche de ses longs cheveux noirs, s'était présentée à elle dans un rêve et l'avait sollicitée d'une voix calme et posée. La mère du Christ avait pris les traits d'une femme du Kongo : les yeux en amande, les pommettes hautes et les lèvres charnues. Appolonia s'était agenouillée sur sa natte, puis avait levé les yeux vers l'apparition qui effleurait presque son visage. La Madone lui annonçait l'arrivée prochaine d'un sauveur : une jeune fille qui serait la véritable voix de Dieu sur la terre des

Bakongos. Avant de disparaître, Marie avait ajouté que le Tout-Puissant punirait sévèrement ceux qui refuseraient d'accueillir son envoyée.

Appolonia se retrouva seule dans le noir ; estimant qu'elle avait été une fois de plus sujette à des hallucinations sous l'effet de la fatigue, elle préféra oublier la vision qui l'avait sortie de son sommeil et se recoucha. La première grossesse de la fille à peine pubère d'une famille d'aristocrates désargentés du voisinage était arrivée à terme : Appolonia devait se tenir prête à intervenir. Quelques heures plus tard, des villageois l'éveillèrent à la lueur d'une bougie. Elle se redressa péniblement et resta un temps assise en tailleur, le corps engourdi et l'esprit encore embrumé par les révélations venues de l'au-delà. Appolonia passa sa main dans ses longs cheveux crépus poivre et sel, si touffus qu'elle abandonna l'idée de les démêler et les garda ébouriffés. Elle se couvrit les épaules d'une cape en coton léger, avant de quitter sa modeste habitation en brique de terre. Dans la fraîcheur de l'aurore, elle emprunta l'avenue principale de São Salvador, grignotée çà et là par la brousse et bordée de ruines. Sa frêle silhouette progressait lentement entre les façades décrépies d'anciennes demeures, longeait les palais des nobles d'antan partiellement détruits qui portaient les stigmates d'incendies et donnaient à la ville un air de désolation.

Âgée d'une quarantaine d'années, Appolonia Mafuta regrettait la capitale d'autrefois, celle qui avait été la fierté des bâtisseurs des édifices en pierre et en chaux du royaume du Kongo, égalant ainsi – aux dires des premiers Portugais qui l'avaient contemplée – le faste et la beauté des plus célèbres cités européennes. Aujourd'hui y vivaient encore une quinzaine de missionnaires capucins et un peu plus d'une centaine de femmes et d'hommes, dont des membres de clans apparentés au défunt roi, le Mani Kongo. C'était dans la demeure de l'une de ces vieilles familles bakongos que se rendait l'accoucheuse.

Lorsqu'elle s'approcha d'une grande cabane, où un reste de cloisons avait été maladroitement recomposé avec des bouts de bois, une enfant – d'un mètre soixante – au ventre proéminent l'attendait. Elle avança péniblement et, sans dire un mot, lui emboîta le pas. La tradition des Bakongos imposait aux futures mères de se montrer fortes. Alors, le visage fermé et trempé de sueur, accentuant sa cambrure en se tenant le dos, la parturiente suivit Appolonia en silence. Elles descendirent des hauteurs de São Salvador sur un flanc de la colline, puis continuèrent dans la plaine. La jeune femme, éduquée à supporter la douleur sans se plaindre, serrait les dents, mais elle marquait le pas. Son calvaire dura une trentaine de minutes jusqu'à la clairière qui abritait la source de la rivière Mpozo. La pauvre enfant essaya de croiser fermement les jambes, à peine assez fortes pour la porter, alors que la poche des eaux venait de rompre. Ce fut à l'instant où elle remarqua le liquide répandu à l'intérieur des cuisses et le long des mollets de la petite qu'Appolonia se décida à la rejoindre, à la soutenir par les épaules, à ôter ses habits et à l'asseoir dans l'eau éclairée par la lumière orange et floue du jour qui se levait. Sur le moment, la tiédeur de l'onde qui enveloppa ses reins et le bas de son corps la soulagea tant qu'elle fut prise d'un vertige et laissa échapper un soupir qu'elle s'empressa de réprimer sous le regard réprobateur de l'accoucheuse.

Ma mère me mit au monde à l'heure ambiguë du crépuscule, après de longs efforts qui suppliciaient ses entrailles. À chaque poussée, elle avait pensé perdre connaissance. Son martyre s'était étiré jusqu'en fin d'après-midi.

J'étais un minuscule nourrisson d'à peine deux kilos qui glissa hors de son ventre et remonta à la surface des flots la tête plongée dans l'eau douce et les membres déployés dans toute leur longueur. Ma mémoire a conservé le souvenir de ces délicieuses secondes où mon corps fragile ondula mollement au gré du courant, dans un état de plénitude. Puis Appolonia fit des incantations pour m'accueillir parmi les hommes, pour me lier à tout jamais à la terre de mes ancêtres et à son fleuve majestueux, puisque mon sang dilué dans les eaux de la source claire de la Mpozo irait se mêler à celles du fleuve Kongo avant d'atteindre l'océan Atlantique. Elle me sortit de la rivière afin de sectionner le cordon et d'extraire le placenta. Dès les premiers instants de mon existence, je fus une déception pour ma mère, tant elle aurait souhaité que son aîné soit un garçon.

Dans un reste d'énergie, elle me tendit les bras en soupirant. Appolonia s'étonna de mes yeux grands ouverts dévoilant des nuances de clair de lune sur mes iris très sombres, puis fut captivée par leur éclat d'ombre et de lumière. De ma petite bouche retentit un étrange cri primal qui résonna dans la clairière. Une plainte, une lamentation déchirante. Sans avoir le temps de s'en émouvoir, les deux femmes en comprirent la signification lorsque, après une ultime contraction qui stupéfia ma mère, un second enfant quitta son ventre.

L'astre de nuit posa alors une lueur pâle à la surface des eaux. Il illumina un amas de chair recroquevillé en une boule inanimée. Ma pauvre petite sœur jumelle naquit les poings et les yeux fermés, sans le moindre souffle de vie. L'accoucheuse remercia les esprits d'avoir permis que l'une de nous revienne des entrailles du trépas. Elle me prit contre elle, moi qui hurlais maintenant sur la berge, me souleva et me porta à bout de bras pour me présenter au ciel en criant au miracle. Les ancêtres adressaient un signe clair aux vivants, ils leur avaient envoyé une combattante, un être à part, d'une essence inédite. Appolonia psalmodiait : ce bébé avait ressuscité, elle en était convaincue. Selon elle, j'étais le fruit d'une intelligence supérieure venant d'un passé très lointain.

En me couchant contre le sein de ma mère pour mon premier allaitement, elle s'inquiéta de son absence de réaction et remarqua la tache de sang sous son bassin. La guérisseuse examina le corps immobile allongé parmi les hautes herbes et constata que le cœur n'y battait plus. Le sourire sur le visage de l'adolescente, bien trop fragile pour enfanter, permit à Appolonia d'espérer qu'elle se soit éteinte sans souffrir. Elle embrassa la morte sur le front, ferma ses yeux grands ouverts et me serra contre sa poitrine.

Je suis arrivée dans ce monde en un moment tragique, terni par le deuil d'une sœur et d'une mère mais éclairé par l'espoir qu'incarnait ma miraculeuse survie. Au creux des bras d'Appolonia, mon cœur gardait le souvenir des semaines passées aux côtés de ma jumelle dans le ventre maternel, au sein de notre alcôve liquide et noire. En attendant nos retrouvailles, une nuit, dans l'au-delà, je conservais la complicité des dialogues muets que nous avions entretenus.

Avant notre départ pour la ville, l'accoucheuse offrit les corps des défuntes à l'onde translucide de la rivière, en suppliant les esprits de les accompagner sur leur route vers le monde invisible. De ses deux mains elle sortit le placenta de l'eau, le posa au pied d'un arbre. Lorsqu'elle fut hors de vue, l'organe prit l'apparence d'un serpent gigantesque qui grimpa le long du tronc avant de s'élancer dans les airs en quête d'un nouveau cours d'eau, d'une autre forme de vie.

L'accoucheuse me nomma Kimpa, pour rappeler que j'étais l'aînée d'une double grossesse, et Vita, en témoignage de la lutte acharnée que j'avais menée pour rester en vie. Kimpa Vita : la jumelle née de la guerre.

Avec l'accord de mon père dévasté par la disparition de son épouse et incapable de s'occuper seul d'un bébé, Appolonia me confia aux bons soins de Ma Louisa. La doyenne de São Salvador avait côtoyé les Portugais dans sa jeunesse ; elle savait comment nourrir un nouveau-né avec du lait de vache.

J'ai grandi sage et appliquée au sein d'un huis clos tendre, chaleureux et plein de fantaisie. Un monde habité par des chants et par l'univers extraordinaire des contes que ma mère adoptive me racontait chaque soir pour m'endormir. J'appréciais particulièrement la fable dans laquelle le diable, déguisé en beau guerrier, tentait de séduire des jeunes femmes qui ne se laissaient pas duper par ses mensonges. Petite, je m'émerveillais surtout des histoires incroyables qui dépeignaient les disputes ou les amitiés entre humains et animaux de la faune sauvage. Mes préférées étaient celles où le personnage du lièvre, espiègle et rusé, arrivait à duper les plus féroces créatures des plaines et des forêts : les lions, les crocodiles ou les panthères. Grâce à son audace et à son intelligence, le petit rongeur réussissait même à ridiculiser des chasseurs ou des hommes malintentionnés. Couchée sur une natte, blottie dans la chaleur des bras de Ma Louisa, je redemandais encore et encore de ces voyages incroyables, tantôt effrayants, tantôt drôles, toujours captivants. Mes rires résonnaient entre les murs de la maison, une très modeste demeure en brique de terre, où la pièce unique, basse de plafond, abritait dans un coin le feu du foyer, tout en faisant office de cuisine, de séjour et de chambre à coucher. Une toute petite lucarne y laissait pénétrer un filet de lumière et donnait à notre habitat une atmosphère feutrée où flottaient les mystères des récits de Ma Louisa.

Plus tard, les fables laissèrent place aux légendes du passé du Kongo. À sept ou huit ans j'étais déjà très attentive aux mythes qui racontaient la prospérité et la puissance d'un peuple fier, pétri de spiritualité. Je me laissais porter par les accents parfois nostalgiques, souvent enflammés de la voix de Ma Louisa qui, au coin du feu, évoquait inlassablement le souvenir d'un monde riche et ordonné, où chacun trouvait sa place et réussissait à subvenir à ses besoins, à ceux de sa famille. Les villages et les villes s'animaient au petit matin avec l'installation des étals couverts de fruits qui coloraient les rues de tons vifs. La population vaquait à ses occupations jusqu'au coucher du soleil en se conformant aux règles de vie commune instituées jadis par les mères fondatrices du royaume. L'âge d'or de notre peuple, celui où nous vivions sans peur d'être assassinés ou enlevés avant de disparaître à tout jamais. En ce temps-là, notre roi et les membres de sa cour n'étaient pas considérés comme des maîtres absolus. Inspirés par la sagesse des ancêtres, ils étaient respectés pour leur sens de la justice et estimés pour leurs capacités à résoudre les conflits dans la paix et la conciliation. Ma mère adoptive évoquait la grandeur du royaume avec une ardeur qui me séduisait et contribua à me convaincre qu'un monde idéal pouvait exister sur notre terre.

À dix ans, je me chargeais déjà de cuisiner pour notre foyer. Nous nous asseyions en tailleur l'une en face de l'autre et dégustions en silence le plat disposé sur de larges feuilles de bananier. Nous gardions toujours une partie du peu de nourriture que nous avions et la distribuions aux plus démunis que nous. Compte tenu de son grand âge, ma mère adoptive ne pouvait pas subvenir à nos besoins ; mon père nous livrait de quoi assurer un repas chaud par jour. Ainsi, il me rendait très régulièrement visite. C'était un homme robuste, dur, pour qui les femmes devaient être éduquées à demeurer discrètes, soumises à leur mari, et à marcher en baissant la tête en signe de respect, pour éviter de croiser le regard de quiconque. Ainsi, je ne devais pas me laisser influencer par les élucubrations de Ma Louisa, mais plutôt m'inspirer des épouses respectables du voisinage qui restaient à leur place, obéissaient et ne contestaient jamais l'autorité. Les compagnes de ses rares amis ne donnaient pas leur avis, chuchotaient et cachaient leur bouche de leur main pour s'empêcher de rire aux éclats. Je n'aurais même pas pu dire si elles étaient jolies ou pas, l'austérité qu'elles s'infligeaient au quotidien les rendait désagréables à regarder. Elles n'étaient que des absences, des êtres d'ombre et de silence.

À mon père, je me présentais alors sous les traits d'une fillette timide et studieuse, peu encline aux échanges ; il s'en félicitait, mais mon manque d'appétit et mon extrême maigreur l'alarmaient néanmoins. Ma propension à me contenter d'une alimentation très frugale l'inquiétait, il s'énervait en se demandant ce que la vieille folle pouvait bien faire des provisions qu'il lui apportait. Il me forçait à manger parce que, selon lui, seules les prophétesses et les sorcières pratiquaient le jeûne. Il m'obligeait à gober des œufs crus ; j'obéissais avant de tout vomir à l'abri de son regard.

Toujours pieds nus, j'aimais me perdre dans le dédale des ruelles de mon quartier au centre de São Salvador. Ma silhouette gracile et fragile suscitait l'attention des adultes, tous me félicitaient de bien m'occuper de la doyenne de la ville, en retour ils me choyaient et me gâtaient malgré le peu de ressources dont ils disposaient. J'appréciais les sollicitudes de chacun, m'arrêtais un instant pour recevoir les compliments des uns, écoutais respectueusement les conseils des autres qui m'encourageaient à me nourrir davantage et restais plus longuement auprès des solitaires qui profitaient de ma présence pour s'épancher un moment.

Je retrouvais Ma Louisa dans son intérieur ombragé. Elle s'affaiblissait de jour en jour et quittait rarement sa chaise à bascule en rotin, qu'elle affirmait avoir reçue en cadeau de fiançailles d'un riche seigneur portugais tombé fou amoureux d'elle du temps où elle était belle. La vieille dame avait attendu que je devienne une demoiselle de quatorze ans, suffisamment mûre, pour me confier les histoires de cœur de sa jeunesse. J'adorais la délicieuse lumière que l'émotion rallumait dans son regard éteint par la cécité. Du monde, la vieille dame ne distinguait plus que de vagues silhouettes et se plaignait d'en oublier les couleurs. Un long soupir soulevait alors son corps sec décharné par les années, ses doigts agrippaient les accoudoirs de son siège et les articulations de ses mains déformées par l'arthrose craquaient. Le trait irrégulier d'une veine s'épaississait sous la peau plissée de son front et remontait jusqu'à son crâne, auquel le temps n'avait laissé que de rares touffes de cheveux cotonneux.

Le fauteuil lui avait beaucoup plu, elle l'avait gardé, mais avait éconduit le prétendant qu'elle trouvait bien trop laid. Et puis la jeune femme qu'elle était vouait une passion si forte au Kongo qu'elle redoutait que son soupirant ne l'emmène un jour dans son pays lointain.

Presque aveugle et de plus en plus sourde, elle se révélait cependant impossible à surprendre. J'avais beau avancer à pas feutrés, elle s'amusait à tourner la tête vers moi à l'instant même où je m'approchais et me demandait si moi, la fille aux yeux de lune – comme elle se plaisait à m'appeler –, tantôt ténébreux, tantôt éblouissants, m'ennuyais au point de vouloir encore m'abreuver de ses mots, toujours les mêmes.

« Tu sais, je vais bientôt m'envoler vers l'autre monde. En attendant, j'apprends à mourir ! » me prévenait-elle en étouffant un fou rire.

En moi elle avait trouvé une oreille prête à recueillir l'un des derniers témoignages de son temps.

Grâce à elle, mon imagination d'adolescente apprenait à envisager le trépas non pas comme une fin, mais plutôt comme un voyage. Je m'asseyais tout près d'elle, les mains jointes et les coudes posés sur les cuisses, afin de l'écouter. Malgré les nuances grisâtres de son épiderme qui s'effaçait progressivement, apparemment sans souffrance, Ma Louisa scintillait. Et j'étais persuadée que, d'une manière qui m'échappait, elle me voyait et était même capable de déchiffrer mes pensées les plus secrètes : elle possédait des pouvoirs magiques. Notre complicité était telle que, parfois, j'avais la sensation que nous nous confondions. Ces moments où nos esprits fusionnaient débutaient toujours par un long silence, puis elle se mettait légèrement en mouvement ; je n'entendais plus que le grincement régulier de sa chaise. L'éclat des yeux de la conteuse s'estompait puis s'éteignait au rappel de l'ombre qui planait sur l'histoire de notre pays. À cet instant, je plongeais au plus profond de la plaie béante qui rongeait son âme et celle de notre peuple : l'issue tragique de la tristement célèbre bataille de Mbwila, en l'an 1665.

Mon cœur se serrait lorsque commençait le récit de l'effroyable affrontement qui avait fait rage vingt ans avant ma naissance. Je m'efforçais de rester très concentrée, pliais mes jambes, calais mes genoux sous mon menton et écoutais attentivement en suçant ma langue. Je m'attristais en voyant des larmes s'amonceler sous les paupières de Ma Louisa quand elle relatait les épisodes qui avaient précédé le drame, mais, affirmait-cllc d'un air gravc, il fallait absolument que les nouvelles générations sachent. Chaque fois, elle me faisait promettre de ne jamais oublier ; chaque fois, j'acquiesçais.

Je mémorisai jusqu'aux moindres détails de l'histoire du Kongo et du Portugal, deux royaumes qui commencèrent par tisser un lien d'amitié. Mais, près de deux siècles plus tard, l'insatiable appétit de richesses de la couronne lusitanienne l'amena à fomenter des complots qui aboutirent à une crise de confiance entre Portugais et Bakongos. Les événements s'accélérèrent au printemps 1665 ; aucune solution pacifique ne se profilait. Le ton se durcit, un dialogue de sourds s'installa. L'exaspération et la colère des nobles du Kongo étaient arrivées à leur paroxysme. Ils ne supportaient plus l'arrogance grandissante des dignitaires portugais de la petite enclave de Luanda – des terres autour de la ville portuaire que leur avait offertes notre roi cent cinquante ans plus tôt pour faciliter leur implantation en Afrique centrale. Leur soif d'expansion ne s'arrêterait sans doute jamais, avaient fini par conclure les seigneurs du Kongo. Nos anciens avaient l'impression de ne plus être écoutés ni considérés, même les plus modérés se sentaient insultés dans leur légitimité. Les plus radicaux pestaient : si c'était la guerre que cherchaient les Portugais, ils la leur serviraient ! Advienne que pourrait, il y allait de leur honneur et de l'avenir du pays.

Les Portugais avaient fini par revendiquer les terres à l'est de leur enclave, à l'emplacement de gisements de cuivre, au motif que notre peuple laissait la nature libre et sauvage au lieu de l'exploiter. En réponse, les princes du Kongo supplièrent notre nouveau roi, le Mani Kongo, intronisé en 1661 : c'en était trop, une démonstration de force s'imposait. Combien de temps encore tolérerait-il que des étrangers le méprisent au point de lui proposer d'abandonner une partie de sa souveraineté ? Pour notre jeune monarque inexpérimenté, il s'agissait non seulement de garantir l'unité de notre peuple en apaisant ses vassaux excédés, mais aussi de faire passer un message fort de Luanda à Lisbonne : aucun prince, aucun gouverneur de province, aucun esclave ou noble, serf, prêtre ou sorcier, noir ou blanc de peau, mort ou vivant, nul ne pouvait se soustraire à l'autorité du Mani Kongo. Lui seul décidait de l'attribution des terres et du montant du tribut dont chacun lui était redevable ; tous devaient le craindre et lui témoigner le plus grand respect.

Le roi dépêcha une délégation d'émissaires à Luanda pour mettre les Portugais au pas, mais son ultimatum ne reçut aucune réponse. Ses conseillers expliquèrent au souverain indécis qu'il se voyait contraint de déclarer la guerre. Alors il promit de brûler Luanda et de chasser ceux qu'il considérait désormais comme des envahisseurs. Le 13 juin 1665, il ordonna : « Toute personne de quelque qualité qu'elle soit, noble ou artisan, pauvre ou riche, capable de porter des armes offensives, dans toutes les villes, tous les villages et hameaux de mes royaumes, provinces et seigneuries, a le devoir de s'enrôler dans les dix prochains jours auprès de ses capitaines, gouverneurs, ducs, comtes, marquis, etc., pour partir défendre nos terres, propriétés, enfants et femmes, nos propres vies et nos libertés, dont la nation portugaise veut s'emparer pour les dominer. »

J'imaginais ces adultes qui allaient s'affronter sous les traits de monstres, l'écume à la bouche, l'œil défiant, le visage tordu par la colère, le doigt accusateur levé. Ils m'effrayaient. Lorsque Ma Louisa racontait, parfois je me bouchais les oreilles et secouais la tête de droite à gauche. Mais elle m'encourageait à écouter jusqu'au bout, en tendant ses mains fripées vers moi.

La perspective du fracas annoncé décrite par Ma Louisa est restée bien présente dans ma mémoire comme l'une des pires illustrations de la folie des hommes – les seuls êtres capables de voir une catastrophe approcher et de s'y précipiter avec enthousiasme. Pour raconter la scène, ma mère adoptive se redressait sur sa chaise, son visage devenait grave, presque inquiétant. Mais, surtout, grâce à ses mots choisis et à ses talents de conteuse, la scène se matérialisait devant moi.

D'un côté, il y avait le roi du Portugal, Afonso VI, qui envoya secrètement plusieurs pièces d'artillerie et un détachement en direction du Kongo pour soutenir le gouverneur de Luanda face à la menace d'une offensive de l'armée du Mani Kongo. La mobilisation générale fut décrétée, la direction des opérations confiée à Luís Lopes de Sequeira, un officier chevronné malgré son jeune âge et fin stratège. De père portugais et de mère bakongo, l'homme d'à peine trente ans, formé à l'académie militaire de Porto, était obsédé par le besoin de gommer son ascendance africaine et d'affirmer son appartenance européenne. Il souhaitait se battre, la guerre lui permettrait de fournir la preuve ultime de sa fidélité à la couronne lusitanienne : il s'empressa d'entamer les préparatifs d'un assaut dans la plaine qui s'étendait à l'est de Luanda.

En face battaient les cœurs des guerriers bakongos assoiffés de sang qui ne juraient plus que par Pedro

Cabral, le général désigné par le Mani Kongo pour les mener à la victoire et restaurer la grandeur du royaume. Il inspecta ses dizaines de milliers de soldats impassibles, dressés droit comme des sagaies et alignés en rangs serrés sous le soleil de midi. Le roi félicita son commandant en chef ; assisté par trois cent quatre-vingts mercenaires venus d'autres contrées d'Afrique, équipés de chevaux et de mousquets, Pedro Cabral avait pu transformer en peu de temps ses troupes, jusque-là juste assez efficaces pour brûler les cases de serfs terrorisés afin de les forcer à payer leurs impôts, en une redoutable armée surentraînée, disciplinée, prête au combat.

La tension montait. De l'Atlantique se leva un vent mauvais qui se densifia, prit une couleur de nuage gris, se diffusa dans le ciel et empêcha le soleil d'éclairer le Kongo durant toute une matinée. Le mauvais présage se propageait en sifflant, de la côte jusqu'aux jungles de l'intérieur en passant par São Salvador et par les rives du grand fleuve ; l'ombre de la mort viciait l'air du pays, qui sombrait lentement dans l'anéantissement.

Bien qu'elles aient essayé de raisonner leurs hommes pour enrayer la spirale infernale de la violence et adressé des prières quotidiennes à la Vierge Marie, un grand nombre de femmes que je croisai dans mon enfance avaient perdu au moins un membre de leur famille durant ce conflit, m'apprit Ma Louisa. J'aurais tout donné pour les consoler, alléger le poids du souvenir sur leurs épaules. J'aurais modifié le cours des événements de l'été de l'année 1665, permis que les plans de réconciliation aboutissent, que les médiations secrètes tentées par les éminences du clergé catholique tant à Luanda qu'à São Salvador soient couronnées de succès. Malheureusement, le message d'amour et de fraternité du Seigneur Jésus-Christ n'inspira pas les belligérants, qui ne retrouvèrent pas la raison.

L'opportunité d'en découdre avec l'occupant avait motivé un nombre impressionnant de Bakongos. À cause de la multiplication des rafles, les campagnes du pays étaient devenues de vastes zones d'insécurité ; les agriculteurs abandonnaient le travail des champs pour échapper à la capture ou se recycler dans le commerce d'êtres humains, beaucoup plus lucratif et moins harassant. Le volume des récoltes avait dangereusement chuté, la nourriture se faisait rare. Dans certaines provinces sévissait déjà la famine. Les poings se fermaient, la vengeance infusait. Alors, autant s'engager auprès de notre roi bien-aimé pour en finir une fois pour toutes avec la vermine européenne. Les plus robustes furent incorporés dans l'infanterie royale, et parmi eux les plus habiles, initiés au maniement des arcs, formèrent le fer de lance des forces de notre nation. Certains de bénéficier des faveurs de la Vierge Marie et de la clémence des esprits de leurs ancêtres défunts, les hommes réveillaient la bête qui sommeillait en eux, se nourrissaient de haine et, serrés les uns contre les autres, se métamorphosaient en une immense meute de chiens sauvages prête à tout anéantir sur son passage. Ils scandaient « Par l'épée viendra la justice » tandis qu'ils marchaient au pas en direction de l'océan, en frappant leurs longues lances à pointe de métal contre leurs boucliers. À leur tête, précédant son commandant en chef, le somptueux attelage du Mani ouvrait l'avancée du corps expéditionnaire. Le roi emportait le trésor et les archives du royaume ; il hésitait encore : peut-être déplacerait-il sa capitale à Luanda pour défier Afonso VI et marquer son autorité aux yeux du monde entier.

À l'instant où elle évoquait la vaillance des Bakongos qui avaient facilement défait l'avant-garde des troupes étrangères, la voix de Ma Louisa s'éclaircissait. Elle m'emmenait tout droit au milieu des combats ; il me semblait entendre des bruits de lames métalliques qui s'entrechoquaient, des clameurs de joie, des cris de détresse, des poitrines haletantes. Puis elle cessait soudain de se balancer dans son fauteuil. Ses traits durcissaient à l'évocation de Luís Lopes de Sequeira. Elle l'appelait « le traître », car il avait planté son couteau dans le sein du peuple de sa mère. Un scélérat obnubilé par le vain espoir de ne plus passer pour un bâtard aux yeux des Portugais, par le besoin de remporter une bataille, quel qu'en soit le prix. Le fourbe avait laissé croire à nos agents infiltrés derrière les lignes ennemies que le spectre du malheur et de la défaite planait sur Luanda, que le moral des recrues locales, forcées à rejoindre les rangs des troupes européennes, était au plus bas, puisqu'il se murmurait que le Mani arrivait avec ses fétiches et ses protections magiques.

Il révisa la stratégie de son armée, décida de se barricader à l'intérieur des murs de Luanda et réorganisa la ville en place forte, prête à soutenir un long siège. Il avait retranché ses unités d'élite autour du port, afin que par lui les assiégés puissent continuer d'être ravitaillés. Plusieurs navires avaient accosté et débarqué les renforts promis par Afonso VI : des canons, sept mille supplétifs venus d'Afrique de l'Ouest et quatre cent cinquante mousquetaires recrutés à Lisbonne. Ces soldats vétérans de guerres d'Europe et du Nouveau Monde avaient été déployés juste derrière les remparts de la cité.

Ma Louisa serrait ses poings et hochait la tête : Luís Lopes de Sequeira connaissait aussi bien les Portugais que les Bakongos, il aurait pu œuvrer à la réconciliation des deux peuples, mais par pur égoïsme et au mépris de la vie de dizaine de milliers d'âmes, il avait préféré poignarder les nôtres dans le dos.

Le Mani Kongo, qui jouissait malgré tout d'une écrasante supériorité numérique, avait été galvanisé par ses premières victoires – un excès de confiance qui le rendit impatient. Il commença à discuter les méthodes de son commandant en chef, Pedro Cabral, qui, par prudence, conseillait d'accorder du repos aux soldats. Le général proposait de soigner les blessés, de rassembler les troupes, puis d'envoyer des détachements en reconnaissance pour se faire une idée de l'armement des Portugais. Mais, trop timoré au goût du roi, Pedro Cabral fut relevé de ses fonctions. Il appartenait au seul Mani Kongo de récolter la gloire éternelle d'un triomphe qui lui tendait les bras.

Ainsi, des milliers d'hommes, certains de leur invincibilité, pieds nus pour la plupart, armés de javelots et d'épées, s'élancèrent à grands cris sauvages en direction de la palissade en piquets de bois, haute de plusieurs mètres, érigée par les défenseurs de Luanda devant ses remparts de pierre.

J'imaginais des garçons exaltés, j'entendais leur pouls trop rapide qui se confondait avec le mien, leur souffle court m'empêchait d'inspirer, je transpirais avec eux. Combien de temps leurs gorges nouées laisseraient-elles encore passer l'air face à la violence et sans doute à la mort qui les attendait là-bas, droit devant eux ? Les plus hardis, des cordes et des harpons en bandoulière, avançaient à vive allure vers la postérité que les officiers leur avaient promise. « Ne faillir en aucun cas », avaient-ils tous juré. Or ils hurlaient si fort pour effrayer leurs ennemis qu'ils en devinrent sourds à la sagesse des ancêtres. Les esprits avaient essayé de peupler leurs rêves de messages clairs les appelant à la mesure et au discernement, en vain. De la terre du Kongo s'étaient relevés les défunts ; des silhouettes décharnées quittèrent leur repos éternel et s'immiscèrent entre les régiments. Certains anciens sortirent de terre pour mettre en garde les soldats qui couraient à leur perte. Ils ne réussirent ni à se faire entendre ni à se rendre visibles aux yeux des imprudents aveuglés par la volonté de vaincre à tout prix. Chacun implorait la protection de l'au-delà tout en priant pour fendre un crâne, percer un cœur ou ouvrir un ventre, que chaque projectile atteigne son but et sème la désolation parmi les ennemis et les traîtres. Nos aïeuls, horrifiés et déçus par l'ivresse meurtrière de leurs descendants, retournèrent à la quiétude du monde invisible. Délaissés par les morts, sans protection mystique, les premiers fantassins harponnaient le sommet des piquets de bois. Les archers placés à plus de cent mètres des portes de Luanda, qui couvraient l'avancée des troupes, plissèrent les yeux, bandèrent leurs armes à l'extrême et propulsèrent une pluie de flèches sur la cité retranchée. Alors que se préparait la deuxième salve, des fortifications éclatèrent simultanément trois énormes détonations.

Ma Louisa était sans doute la dernière personne à fredonner la chanson qui relatait ce moment de la tragédie avec nostalgie. Son air me brisait le cœur. Les paroles, si tristes, décrivaient l'immense désarroi des anciens sur le chemin du retour vers l'au-delà : une oraison funèbre. Les âmes blessées des ancêtres distinguèrent un étrange bourdonnement dans le ciel qui surprit l'ensemble des soldats dispersés dans la plaine ; quelques secondes plus tard survinrent les explosions, le feu, les corps déchiquetés projetés à plusieurs mètres de distance, les membres calcinés, une fumée noire, aveuglante. Une hécatombe parmi les archers de Sa Majesté. Les batteries importées de la péninsule Ibérique répétèrent la manœuvre et détruisirent tout soutien à l'infanterie des assaillants. Les canonniers réduisirent ensuite la portée de leurs boulets et balayèrent ceux qui attendaient de gravir à leur tour la palissade. Quant aux autres, coincés entre les piquets et les parois de pierre, aucun ne survécut aux tirs précis des mousquetons qui jaillissaient des meurtrières. L'attaque qui devait inaugurer le coup de grâce de l'armée du Mani sur celle de Luanda se solda par un revers. Le roi, à court d'idées, s'entêta à exhorter les siens à répéter les assauts, avec le vain espoir que la motivation des hommes, leur force et leur bravoure suffiraient à déjouer les plans et la puissance de feu qui les décimaient. Un carnage. Luís Lopes de Sequeira jubilait en observant des rescapés tandis que leurs frères d'armes refusaient de s'élancer vers une mort certaine. Peu après, lorsque les portes de Luanda s'ouvrirent, la cavalerie légère amorça la contre-attaque par le nord. Le fracas de plus de trois cents chevaux au galop, rythmé par les hourras des hussards sur leurs dos, sidéra les officiers du Mani Kongo. Sauve-qui-peut général : ducs, comtes et marquis se bousculèrent au milieu de leurs hommes, chacun essayant d'échapper à la chevauchée dévastatrice.

À cet instant de la débâcle, Ma Louisa ralentissait son récit, afin que je mesure l'étendue de la cruauté de Luís Lopes de Sequeira, qui se félicitait des épées et des lances plantées dans le dos des fuyards, des sabots piétinant les gisants et des tortures infligées aux mourants. Quant à ceux qui refusaient de le supplier, le commandant en chef se plaisait à sectionner leurs mains et leurs pieds, ou à leur ouvrir l'abdomen.

Après avoir totalement désorganisé ce qui restait de l'armée du Kongo, les cavaliers retournèrent à Luanda pour préparer l'assaut final. Et moi, je pleurais mes grands frères soldats couchés sur notre terre sacrée, enveloppée ce jour-là dans une lumière sinistre et pâle de crépuscule, tout autant que ces pauvres adolescents épuisés, démoralisés, qui marchèrent longtemps en direction de la ville de Mbwila plus à l'est.

Les fiers guerriers d'hier, leurs arrogants capitaines et les nobles qui les avaient enrôlés traînaient les pieds dans un funeste concert de plaintes, de râles et de prières murmurées aux esprits muets des défunts. Pour la première fois, un Mani Kongo baissait la tête pour étouffer ses sanglots. Qu'adviendrait-il du royaume et de ses sujets ? Les coups de canon, à l'aube, lui apportèrent la réponse. En fin d'après-midi, aux alentours de Mbwila, huit mille corps sans vie étaient étendus sur le champ de bataille, une vision d'horreur qui me hantait parfois la nuit ; l'enchevêtrement macabre de trois mille Portugais et de cinq mille Bakongos qui, après s'être assassinés les uns les autres, baignaient dans une même mare de sang au beau milieu de la plaine désolée.

Le Kongo expira bel et bien à Mbwila à l'automne de l'année 1665. Cette bataille fut le dernier acte d'un long travail de sape qui précipita notre pays vers un abîme vertigineux. São Salvador fut incendiée, son palais royal saccagé et pillé. De la cathédrale construite conjointement par les jésuites et les

Bakongos, il ne restait que des ruines. Les Portugais rasèrent aussi l'école bâtie cent cinquante ans plus tôt par l'illustre roi João Ier pour éveiller la jeunesse du Kongo aux savoirs du monde. Avec cet édifice disparurent le symbole et la fierté d'un royaume qui entendait instruire ses sujets. La cohésion du Kongo, qui avait perduré durant trois siècles, n'existait plus que dans la mémoire de Ma Louisa, de quelques anciens et dans mon imaginaire.

Luís Lopes de Sequeira avait décapité le roi du Kongo et reçu les applaudissements quand il avait brandi sa tête plantée au bout de son arme. Je visualisais la scène et frémissais de dégoût devant tous ces hommes célébrant le saccage de nos valeurs et leur propre barbarie. Mais, pour l'officier portugais, l'essentiel tenait à la notoriété dont il serait auréolé lorsque, vêtu de ses habits d'apparat, il irait remettre personnellement ses trophées à la cour de Lisbonne : le trésor, les archives du royaume, la couronne et le sceptre du roi.

L'anéantissement du Mani fut très mal accueilli à Lisbonne : « Une catastrophe, une erreur diplomatique monumentale ! » hurla le roi de Portugal à ses conseillers. Afonso VI avait souhaité que Luanda reste sous contrôle portugais, mais, ne possédant ni les moyens humains ni les moyens militaires nécessaires pour tenir un espace aussi vaste que le Kongo, jamais il n'avait eu l'ambition de s'emparer de tout notre territoire ; et les échanges commerciaux avec le Kongo risquaient de pâtir de la mort de son interlocuteur. Il redoutait désormais qu'une vague de haine vis-à-vis des Européens ne gagne la population locale dès l'instant où la nouvelle se propagerait aux quatre coins du pays. Alors, par égard pour son rang, le Mani Kongo fut enterré sous une chapelle dans la baie de Luanda lors d'une cérémonie religieuse. Ses sujets vinrent en nombre pour lui rendre un dernier hommage. Après la mise en bière du jeune roi et le départ des prêtres portugais en fin d'après-midi, des lamentations commencèrent à se faire entendre parmi les Bakongos. Des femmes en pleurs déchiraient leurs habits, tombaient, se relevaient et s'arrachaient les cheveux, certaines se prosternaient sur la sépulture pour attirer sur elles la bénédiction du souverain. La lune s'éteignit et déserta le ciel pendant plusieurs heures, déployant un voile opaque sur le Kongo ; le peuple longtemps choyé par les ancêtres entrait dans une longue nuit de tourments. Un chœur de grognements et de cris sauvages s'éleva des jungles et des savanes ; les animaux, surtout les fauves, profitaient de l'obscurité complète pour prévenir les hommes des heures terribles qui les attendaient. Le lendemain déjà, tous les responsables du meurtre du dernier roi du Kongo unifié furent châtiés, à l'exception du gouverneur de Luanda, simplement relevé de ses fonctions.

Sur le pont du navire qui l'emmenait vers l'Europe, Luís Lopes de Sequeira imaginait déjà son entrée triomphale au palais du roi de Portugal. Le regard vers l'horizon, il se voyait fendre la foule des courtisans la tête haute et impressionner les belles dames aux visages fardés. Tout Lisbonne reconnaîtrait enfin sa valeur et l'acclamerait. Il tenait sa revanche : sa victoire lavait la souillure de son ascendance africaine. Arrivé au port de la capitale, il s'empressa de descendre sur le quai, persuadé d'être reçu avec les honneurs par le détachement de gardes royaux qui l'attendait en contrebas. Les militaires, au contraire, l'empoignèrent et lui signifièrent sa mise aux arrêts. Abasourdi, celui qui avait écrasé le sursaut des Bakongos dans le sang se décomposa en entendant les détails de son acte d'accusation : on lui reprochait d'avoir agi selon des motivations personnelles au mépris des intérêts supérieurs du royaume. Sa hiérarchie le dégrada lors d'une cérémonie publique : de simples soldats le giflèrent, cassèrent son épée en deux, la jetèrent à terre, puis la piétinèrent. Il fut incarcéré et, au comble de sa disgrâce, apprit du fond d'un cachot sa traduction devant une cour martiale pour insubordination. Sa félonie envers le peuple de sa mère lui coûta la vie, se réjouissait Ma Louisa. Au terme d'un procès expéditif où l'officier déchu, humilié, eut l'indignité de pleurer et de supplier en invoquant son attachement au Portugal, Afonso VI ordonna sa condamnation à mort. Sa tête fut séparée de son corps à l'aube d'un matin gris, dans l'anonymat d'un bois au fin fond de la province de l'Alentejo.

« Il s'était lourdement trompé en croyant que les Européens l'accepteraient un jour, et avait payé très cher la folie d'avoir oublié qu'il était l'un des nôtres », regrettait Ma Louisa. Puis elle tendait vers moi un index menaçant : je devais promettre, devant les ancêtres, de ne pas commettre la même erreur et jurer de ne jamais trahir ni le Kongo ni son peuple.

Enfin, elle se pinçait les lèvres, se taisait, puis, au bord des larmes, me priait de la laisser seule. Alors, avec des images de batailles épiques en tête, je sortais discrètement de la case. Même si l'essentiel des gouverneurs de province, des ducs, des comtes et des marquis, l'élite masculine de l'aristocratie d'un royaume, avait été tué sur le champ de bataille, mon cœur s'inquiétait surtout de ce qu'il était advenu des pauvres et jeunes combattants qui avaient préféré mourir debout, les armes à la main, plutôt que de vivre à genoux. Ces maris, ces fils et ces frères, d'innombrables vies sacrifiées. Les rêves, les désirs et les peurs de ceux qui étaient tombés pour le Kongo avaient-ils disparu avec eux ?

Ma Louisa savait que les valeureux guerriers morts à Mbwila se réveillaient parfois à la faveur de la pleine lune. Leurs voix portées par le vent résonnaient alors jusqu'à São Salvador et partout ailleurs dans le pays. « Si tu écoutes attentivement, tu les entendras un jour », m'assurait-elle. Ils avaient soulagé leurs peines, libéré leurs âmes du venin de la haine, et regrettaient seulement qu'il fallût tant de souffrances inutiles pour qu'ils se couchent, enfin apaisés, au cœur d'une immense prairie baignée de chaleur et de lumière, aux côtés de leurs ennemis d'antan.

Le déclin du Kongo s'accélérait. Les guerres civiles se succédaient au gré des alliances entre suzerains qui se formaient et se défaisaient selon les intérêts économiques et politiques. Notre pays se morcelait et s'enfonçait dans l'anarchie.

Lorsque j'atteignis l'âge de quinze ans, les Portugais de Luanda s'étaient imposés comme une force incontournable, et au moins trois rois autoproclamés se disputaient simultanément la couronne du royaume. Autant de seigneurs de guerre qui tentaient par tous les moyens d'enrôler les hommes dans leurs armées. Victime d'affrontements incessants ponctués de massacres et d'horribles abus, notre peuple était pris en otage par les belligérants. Les paysans désertaient leurs champs pour se terrer dans leurs villages. Ils évitaient les routes et les chemins de campagne, où les guettaient les marchands d'êtres humains et le danger d'être déportés et de disparaître à tout jamais, là-bas, très loin, au bout de l'océan Atlantique.

La santé de Ma Louisa se dégradait, elle était mutique, se levait difficilement, et, comme elle dormait sur sa natte la majeure partie de la journée après avoir reçu mes soins, j'étais amenée à passer davantage de temps avec mon père. Ma défunte mère et lui appartenaient à l'aristocratie déclassée du royaume du Kongo, cette génération traumatisée par la défaite et désorientée par la perte de repères ; il était l'incarnation de notre peuple vaincu, profondément blessé dans son amour-propre, miné par l'échec collectif au point de ne pouvoir réagir. L'essentiel des terrains agricoles de sa famille avait été confisqué par les Portugais, son prestige bafoué. Alors, depuis ma naissance, mon père s'affairait, seul, sur de minuscules parcelles de mauvaises terres, du matin jusqu'au soir. Sous le feu du soleil ou les gros orages gris de l'équateur, il se cassait le dos en labourant, s'écorchait les mains en récoltant de quoi survivre. Courber l'échine, tolérer l'inacceptable, admettre la fatalité lui était désormais habituel. Il s'interdisait toute perspective d'avenir et se contentait de survivre dans un monde devenu hostile.

Alors que moi, je souhaitais que ma vie future ressemble à une histoire de Ma Louisa. Mon père me reprochait souvent de rêver éveillée, un sourire aux lèvres. Il s'irritait aussi de me voir marcher la tête haute, une attitude qu'il jugeait inconvenante. De même, il me sommait de masquer l'intensité lumineuse de mon regard, que je devais garder baissé. Il ordonnait, je me fermais. C'était un homme qui ne connaissait pas le dialogue ; il justifiait ses décisions en invoquant les lois ancestrales et sacrées de notre peuple, qu'il fallait vénérer et suivre scrupuleusement. Les principes fondamentaux qui régissaient la société des Bakongos depuis des siècles ne souffraient aucune discussion. J'aurais voulu lui expliquer que Ma Louisa m'apprenait à aimer un autre Kongo, un pays de bâtisseurs foisonnant d'idées audacieuses, qui savaient braver les dangers, adoraient innover et se souciaient du bonheur de chacun.

En moi bouillonnaient des envies d'ailleurs. Seule dans mes nuits rythmées par les ronflements de la doyenne, j'implorais nos ancêtres que quelque chose advienne et m'emmène loin, vers une existence de tumulte et de panache ; le cœur battant, j'attendais ! J'en faisais part à Appolonia qui, malgré la brièveté de ses apparitions dans l'ancienne capitale, trouvait le temps de venir nous rendre visite, entre deux naissances à l'extérieur de la ville. La guérisseuse s'enquérait de ma santé et de celle de Ma Louisa. Elle nous auscultait, s'inquiétait de ma maigreur et vérifiait que l'intensité de mon regard de lune ne faiblissait pas. Elle me félicitait des attentions que je témoignais à la vieille dame. Toujours à l'écoute, elle tentait d'apaiser ma fougue, modérait mon impatience et me couvrait d'un regard à la fois tendre et mystérieux.

« L'heure de ton envol viendra bien assez tôt », me chuchotait-elle à l'oreille.

De la bouche d'Appolonia, j'appris l'ampleur de l'insécurité qui régnait dans le pays. Le nombre de razzias ne cessait d'augmenter, des centaines de personnes étaient enlevées et emmenées vers la côte, et de là embarquées pour un voyage sans retour sur des navires aux dimensions inimaginables surplombés d'immenses voiles blanches. Des bandes armées s'organisaient ici et là, non pour s'approprier des territoires ni accéder à un statut social plus élevé, mais pour traquer la marchandise humaine, qu'elles estimaient abondante, facile à capturer et très lucrative à court terme. Les téméraires qui essayaient de s'opposer aux agissements des trafiquants d'esclaves étaient exécutés sur-le-champ. Des prédateurs sans foi ni loi et des proies : voilà ce qui restait des fiers Bakongos.

Heureusement, se consolait l'accoucheuse, aux alentours de São Salvador survivait un certain ordre qui rappelait la douceur de vivre de la société d'antan. Appolonia adorait se rendre au chevet des femmes qui appartenaient à ces regroupements d'à peine une centaine de familles encore épargnés par les abus et par la violence qui sévissaient partout ailleurs. Mais un matin, après une intervention dans un de ces havres de paix, Appolonia apparut comme un spectre aux portes de São Salvador. Les cheveux défaits, les habits déchirés, le visage couvert de sang, elle chancelait. Des badauds coururent la soutenir alors qu'elle s'évanouissait. Les yeux hagards et le souffle court, elle reprit ses esprits et raconta l'embuscade dont elle avait été victime. Une quinzaine d'hommes armés l'avaient surprise et encerclée en fin d'après-midi sur une route de campagne. Les bandits l'avaient sauvagement battue, violentée et laissée pour morte dans un fossé. Elle s'était réveillée en pleine nuit, étonnée d'être encore de ce monde et incapable d'expliquer par quel miracle elle avait réussi à retrouver son chemin jusqu'à la ville.

L'agression d'une femme respectée de tous pour sa capacité à dialoguer avec l'au-delà et vénérée pour toutes les vies de femmes et d'enfants qu'elle sauvait, grâce à ses connaissances médicinales, sidéra la population de São Salvador et des alentours. Lorsqu'ils apprirent la terrible nouvelle, des chefs de village se retrouvèrent un soir à une dizaine de kilomètres de l'ancienne capitale pour débattre des mesures à prendre afin d'assurer une meilleure protection. En sa qualité de médiatrice entre le monde invisible et le monde des hommes, et puisqu'elle avait été directement confrontée au danger qui les menaçait, Appolonia Mafuta fut priée de participer à la réunion. On la chargea de solliciter l'avis des ancêtres.

Malgré le choc qu'elle avait subi, elle prit la parole avec autorité. Tous l'écoutèrent en se mouvant lentement d'avant en arrière. Le péril approchait, il était immense, et, déboussolés, sans inspiration et tétanisés par l'angoisse, les vivants devaient s'en remettre à la sagesse et aux conseils bienveillants des défunts. Appolonia s'assit en tailleur près du feu face à la quinzaine d'hommes en arc de cercle suspendus à ses lèvres. L'accoucheuse disposa des coquillages, des serres de rapace, des os et des crocs de léopard autour du foyer en marmonnant des incantations dans une langue inconnue. Elle inspira, expira profondément, d'abord lentement, puis de plus en plus vite, avant de s'arrêter soudainement. Son corps fut pris de spasmes, elle émit d'étranges bruits de gorge, manqua de s'étouffer, puis, tandis que des soubresauts lui soulevaient la poitrine, une rafale de vent projeta des flammes sur son corps.

Appolonia hurla dans la nuit. Elle se releva brusquement, se saisit d'une outre pleine de vin de palme qu'elle but d'une traite dans d'étranges hoquets. Enfin, elle s'effondra et resta inanimée. Petit à petit, ses membres se mirent à tressauter, puis une de ses jambes se dressa avant de retomber sur le sol ; ce fut ensuite au tour d'un de ses bras, d'une de ses mains, et, enfin, du haut de son corps d'être parcourus de spasmes. Silencieux, impassibles, les patriarches rassemblés autour de la prophétesse attendaient patiemment qu'elle leur délivre un message. Les yeux fermés, la femme aux doigts noueux se leva alors en exécutant des gestes saccadés et désordonnés, comme si une main invisible tirait les fils de ses membres. Sa voix jaillit plus rauque que d'ordinaire, signe qu'un esprit en colère venu d'un autre temps s'exprimait à travers sa bouche.

S'adressant aux hommes assis à même le sol, elle répéta :

« Sauvez les enfants ! »

Elle se tut un instant puis continua :

« Les défaites d'hier et d'aujourd'hui ne sont pas les leurs ! Vous, adultes, cessez de vous morfondre, de vous noyer dans des rivières de lamentations : le berceau du fatalisme et de l'inaction. Le sursaut passera par la formation d'une jeunesse éclairée, consciente de ses forces, capable de transcender les ruines du passé. Vous verrez, ils en feront un terreau fertile d'où germera un espoir d'avenir pour tous. »

Avec son regard possédé, menaçant, Appolonia martelait :

« Il n'existe qu'une solution ! Nous devons célébrer le rite extraordinaire que vous tous ici présents connaissez, celui que nos ancêtres convoquaient déjà dans les situations de détresse : l'épreuve de la Difficulté ! »

Une dizaine de familles issues de l'aristocratie allaient choisir chacune un de leurs enfants entre seize et vingt ans, afin qu'il soit initié, soumis à la terrible épreuve de la Difficulté. Dans le passé, on élisait ainsi en temps de crise les futurs dirigeants chargés d'éclairer la population à la dérive et de tirer le pays de l'égarement. Les jeunes qui se distinguaient par une aptitude exceptionnelle à résister aux privations et à la souffrance étaient déclarés aptes à guider un jour les Bakongos, de manière que tous retrouvent le goût de l'espoir et la fierté du peuple d'autrefois. En pays kongo, depuis des temps immémoriaux, ce rite était considéré comme le remède radical aux maux qui désorientaient et frappaient durement la collectivité. Plus de vingt années s'étaient écoulées depuis la dernière épreuve de la Difficulté, à l'époque où le Mani Kongo régnait sans partage sur nos terres. Or ces prémices d'une opposition, voire d'une résistance, constituaient une menace de nature à inquiéter autant les Portugais présents à Luanda que les chefs de guerre bakongos qui se déchiraient sans fin. Afin d'éviter les trahisons, les suspicions et une éventuelle intervention militaire, seules furent sollicitées des familles qui faisaient profil bas sans pour autant collaborer avec les Européens et qui n'entretenaient aucune alliance avec l'un des trois rois fantoches. La cérémonie, qui durerait plusieurs semaines, se déroulerait dans la clandestinité.

Revenue à São Salvador, Appolonia me convoqua. Je baissai les yeux, elle releva mon menton avec tendresse, approcha son visage du mien et murmura :

« Je t'ai souvent répété de prendre patience. Maintenant, ton heure a sonné ! »

Moi, Kimpa Vita, je fus désignée malgré mes quinze ans parmi les douze adolescents – huit garçons et quatre filles – retenus dans le plus grand secret. Appolonia Mafuta avait plaidé en ma faveur, arguant qu'il était impératif que je sois initiée pour jouer un jour le rôle que les ancêtres me destinaient.

Pendant les jours qui précédèrent le début de la cérémonie d'initiation, les anciens s'employèrent à sacraliser l'espace qui allait nous être assigné. Ils rassemblaient régulièrement des villageois des bourgades alentour sur la place centrale, les forçaient à s'asseoir, puis leur racontaient des fables effrayantes où des diables assoiffés de sang s'échappaient des enfers pour traquer les paysans qui avaient tenté de pénétrer dans l'enclos réservé aux disciples. Ils grognaient, feignaient de frapper les femmes et les enfants avec des bâtons, de leur trancher la tête, puis de les jeter en pâture aux chiens. À deux cents mètres de là, Appolonia supervisait en personne les préparatifs, en accordant un soin particulier à la construction qui accueillerait les douze élus. Quelques initiés et des charpentiers expérimentés se chargèrent d'aménager le lieu de l'épreuve autour d'une longue habitation circonscrite par une palissade. La clôture était constituée de branches de palmier plantées en terre et reliées entre elles. Ordinairement de forme rectangulaire, le camp avait été adapté au nombre des participants. On y accédait par deux portes, la plus grande orientée du côté du village et l'autre, à l'opposé, vers la forêt. Si bien qu'en cas de danger les candidats pouvaient fuir dans les bois et s'y dissimuler. À quelques mètres de l'entrée principale, les artisans dressèrent la maison des Difficultés : une hutte quadrangulaire divisée en quatre sections. Appolonia veilla à ce que les deux côtés de la maison soient composés de perches courbes croisées et ordonna de combler le tout d'herbes sèches pour éviter le moindre contact avec le monde extérieur. Seule une étroite ouverture fut pratiquée dans la paroi, qui servirait de porte. Mais le séjour des prétendants en ce lieu se déroulerait le plus souvent dans le noir complet. À la fin des travaux, un masque en bois de la taille d'un homme fut placé à l'entrée de l'enclos. La prophétesse actionna le pouvoir protecteur de cette sentinelle en hurlant des incantations. Le teint d'Appolonia s'assombrit, comme si le sang avait déserté son visage. Ses yeux se révulsèrent lorsqu'elle commença à prononcer les paroles d'usage, d'une voix forte :

« Sains et saufs entreront les novices dans l'épreuve, tels ils devront s'en retourner chez eux, mais ceux d'entre eux qui cacheront quelque sorcellerie dans leur cœur seront châtiés. Puisse la quiétude demeurer au sein des villages jusqu'alors préservés. Que personne ne cherche à importuner autrui, les querelleurs le paieront cher ! Durant le temps de l'initiation, nul ne pourra être saisi pour d'anciens griefs ou pour des dettes ; aux abords de la cérémonie, les couteaux resteront dans leurs gaines et aucun fusil ne se verra sur les sentiers ; tout acte de délinquance sera puni par le feu. L'avenir du Kongo dépend du bon déroulement de cette épreuve de la Difficulté qui débutera dans quelques jours ! »

Elle se tut, retrouva son teint habituel, puis, avant de regagner São Salvador, désigna le maître de cérémonie : un initié, un homme au corps sec, la poitrine creusée, le regard dur sur un visage émacié, une peau fripée semblable à du vieux bois, un revanchard miné par l'amertume, un des rares officiers rescapés de la bataille de Mbwila.

Ce matin-là, à l'aube, Appolonia me réveilla.

« Debout, Kimpa, allez, dépêche-toi. Quelqu'un d'autre s'occupera de Ma Louisa. Surtout, ne pose aucune question, reste silencieuse jusqu'à nouvel ordre ! »

Je quittai Ma Louisa à contrecœur, mais avais une telle confiance en l'accoucheuse que je me pressai de m'habiller en essayant de deviner ce qui se cachait derrière l'expression de son visage impassible. Dissimulant son regard, d'un geste de la tête, elle me fit signe de me retourner et me banda les yeux. Nous quittâmes la ville en dévalant d'abord une pente, puis le terrain devint plat. À la force du vent, au contact de la terre couverte de rosée, je reconnus la plaine en contrebas de São Salvador, sa végétation rare et rase. Nous marchâmes ainsi main dans la main de l'aube jusqu'au zénith. Le soleil commença à me piquer la peau. Puis la sensation de brûlure s'estompa, l'atmosphère se fit plus lourde, l'air se chargea d'humidité, le sol sous mes pieds devint plus meuble, parfois glissant : nous étions entrées dans une forêt. Je m'imprégnais des parfums de la terre et des senteurs qui flottaient autour de moi, des odeurs de jungle sauvage, des effluves plus doux de fleurs, d'écorces et de bois. Mes bras effleuraient parfois une branche ou une feuille, ce qui me laissait penser que nous progressions sur un sentier étroit. Mes orteils butèrent soudain contre une racine ; je trébuchai, laissai échapper un cri. Appolonia me retint sans ménagement, me somma de nouveau de ne pas émettre le moindre son et continua à une allure soutenue que je peinais à suivre. Mon seul repère était ses doigts qui serraient les miens. L'incertitude quant à l'issue de ce périple m'effrayait.

Pour refouler l'inquiétude qui étreignait ma poitrine, je me concentrais sur les bruits de la nature, tentais d'identifier tel cri d'animal ou me laissais bercer par les mélodies d'oiseaux. Comme j'étais incapable de voir, mon corps s'exerçait à ressentir le monde à travers ma peau.

En début d'après-midi, nous nous arrêtâmes pour nous alimenter. Appolonia m'aida à m'asseoir et prévint :

« Je te conseille de bien manger. Bois beaucoup, on ne sait jamais… Là où tu vas, tu en auras grand besoin. »

Elle préféra garder mes yeux bandés et me nourrir, comme l'avait fait Ma Louisa lorsque j'étais bébé ; je fus émue par la délicatesse de ses gestes. Jamais je ne l'avais connue si tendre à mon égard. Seule m'intriguait sa dernière phrase : elle y avait mentionné un endroit où je me rendais sans elle. Elle me fit boire en prenant son temps, avec précaution ; l'accoucheuse étirait ces minutes d'intimité dont elle nous avait privées jusqu'alors.

Enfin, elle inspira profondément en collant mon front au sien. Nous restâmes ainsi l'une contre l'autre, sans bouger, peau à peau. Nos respirations s'entremêlaient au silence. Appolonia finit néanmoins par me saisir par les épaules et souffla :

« Allez, ma fille, ne traînons pas, il est tard ! »

Nous poursuivîmes encore quelques heures dans la fraîcheur, sur un chemin trempé où je manquai de glisser à plusieurs reprises. Appolonia avait hâté le pas et ne se souciait plus de m'aider à retrouver l'équilibre. À mesure que je nous sentais plus près du but, l'impression d'être pour elle une simple charge dont elle se soulagerait bientôt grandissait. Enfin, elle s'immobilisa et retira le tissu qui enserrait ma tête. Nous nous trouvions à la lisière d'une forêt dense. Les rayons du soleil m'éblouirent, je plissai les yeux et mis ma main en visière. Avant de rebrousser chemin, Appolonia baissa le regard et, de son index, m'indiqua une ouverture dans une palissade ; celle-ci s'élevait au centre d'un vallon où serpentait un ruisseau, à environ deux cents mètres d'un village.

« Bonne chance, Kimpa, ne te retourne pas ! Surtout, sois courageuse. »

À peine l'accoucheuse avait-elle prononcé ces mots et s'était-elle éloignée qu'une vague de chaleur parcourut ma colonne vertébrale, qu'une force m'obligea à croiser les bras et à saisir mes épaules. D'un trait, je me dressai sur la pointe des pieds et avançai à grande vitesse dans la plaine. Tout mon être fut happé par le cœur de l'enceinte. Je me retrouvai devant une longue hutte de paille et de branches. J'arrivai la dernière, m'approchai et repris pleinement conscience en rejoignant, en bout de ligne, un rang d'adolescents sous la surveillance de deux vieillards.

Le temps s'étirait. De l'extérieur me parvenaient des rythmes de percussions qui accompagnaient des chants, et sans doute des danses. Il semblait qu'on festoyait dans le village. J'imaginais les habitants buvant et mangeant avec excès. Mes camarades et moi ne percevions que l'écho de ces réjouissances et, pendant la soirée, nous ne reçûmes pour toute nourriture qu'une moitié de banane. L'un des anciens qui nous surveillaient expliqua :

« Tant que vous serez soumis à l'épreuve, vous vous alimenterez très peu. Nous devons purifier vos corps. Vous allez vous affaiblir progressivement ; cela permettra de vous désinhiber et de rendre vos sens plus réceptifs. Vous apprendrez ainsi les vertus de la souffrance ! »

Je remarquai des gardes qui se déployaient autour de la bâtisse rectangulaire, pour se placer dos au monde extérieur. Je compris qu'il n'y avait pas de retraite possible, que toute tentative de fuite serait durement réprimée. Armées de fusils, de lances et de coutelas, ces sentinelles étaient censées inspirer la terreur, tant aux novices dont je faisais partie qu'aux mauvais esprits et aux sorciers. Elles avaient pour mission de les débusquer et de les rendre inoffensifs.

Ma gorge s'était nouée, mais, très vite, un sentiment de révolte chassa la terreur qui me tétanisait. Appolonia m'avait abandonnée. J'enrageais contre l'obéissance aveugle qui m'avait poussée à lui emboîter le pas sans dire un mot et me promis de combattre à l'avenir ce caractère docile qui m'avait conduite à laisser autrui décider de mon destin. Elle avait certainement obtenu l'accord de mon père, à qui j'en voulais aussi énormément. Prise au piège, je savais qu'il me faudrait endurer les pires situations, supporter toutes les privations. Puisqu'elle me mettait au défi, j'entendais montrer à l'accoucheuse l'étendue de ma détermination. Peut-être me donnait-elle l'opportunité de me libérer à jamais de sa tutelle. Il me fallait tenir, braver les difficultés, résister quoi qu'il advienne pour que, le jour de mon retour à São Salvador, ma voix soit enfin entendue.

Alors, pour la première fois, j'invoquai les défunts, demandai leur soutien, priai les esprits de m'accepter telle que j'étais et les suppliai de m'aider. Puis je restai là, debout, sans bouger, tandis que le jour touchait à sa fin.

Dans sa main gauche, le maître de l'épreuve serrait une calebasse de vin de palme. L'autre était dissimulée derrière son dos. Il s'avança vers la colonne que nous formions, puis la remonta sans s'arrêter et s'adressa à nous :

« Je remets vos âmes à la sollicitude du Kongo immortel, afin que vous traversiez la Difficulté et en sortiez en excellente santé ! »

Après un bref silence, il annonça :

« La mort vous accueillera à bras ouverts ! Puis vous ressusciterez ici même, pour une vie meilleure. Vous ferez le douloureux apprentissage de votre décès : le glissement lent de vos consciences et de vos corps vers un état léthargique. Une fois éteints, vous deviendrez aussi légers qu'un souvenir. Prenez garde ! Durant votre trépas, au moindre manquement aux règles de l'épreuve, nous vous châtierons. »

Je sursautai en entendant les hommes tirer des coups de fusil dans les airs.

« Voyez comme ils chassent sans pitié les esprits sorciers ! »

Devant notre assemblée tétanisée, le maître gesticulait en tous sens, écarquillait les yeux, se courbait parfois et allongeait le pas à la manière de certains oiseaux. Tout à coup, il approcha son visage du mien ; je restai droite et raidis chaque recoin de mon corps. Il tourna lentement autour de moi, me renifla le cou et les épaules comme l'aurait fait un animal, ouvrit la bouche, tira la langue en soufflant une haleine si âcre que je dus retenir ma respiration. Il se mit à claquer des dents à quelques millimètres de mes lèvres ; je craignais qu'il ne me morde. Mon cœur battait la chamade. Je transpirais. Le maître s'éloigna brusquement, mais le répit fut bref. Il se dirigeait déjà vers l'intérieur de l'habitation rectangulaire, et je n'eus d'autre choix que de le suivre : les deux anciens qui nous escortaient nous pressaient d'emboîter son pas. À la fatigue accumulée durant la longue marche de l'aube jusqu'à la fin d'après-midi s'ajoutait la tension induite par les menaces de mort. J'appréhendais la suite des événements, tandis que la cérémonie s'éternisait.

Nous fûmes de nouveau alignés face à l'ancien officier au garde-à-vous. Au milieu de la pièce, la femme qui entretenait le feu central me parut étrangement familière. Je crus reconnaître le visage d'Appolonia maquillé de cercles blancs autour des yeux et de noir sur les lèvres. J'étais perdue et tentai un instant d'établir un contact visuel avec elle, mais elle m'ignora. Je lui trouvais l'air bizarre et glaçant d'une femme possédée par des entités surnaturelles. Une très grande lassitude m'envahit, provoquant une sorte de vertige en moi : son indifférence me déchirait le cœur. Tout près de me laisser aller à crier, à m'écrouler sur le sol et à éclater en sanglots, je résistai. Je séchai discrètement mes mains moites sur mes cuisses, avant de relever la tête.

À la nuit tombée, le maître me désigna du doigt. Il me choisit sans doute pour mon jeune âge, croyant que j'étais la plus fragile. Il m'ordonna de me coucher sur le sol, les bras et les jambes écartés, et de rester impassible quoi qu'il arrive. Il me mettait au défi. J'entendais bien lui montrer que je ne céderais pas. Tous mes organes se contractèrent. Mon corps n'était composé que de nœuds qui se serraient à l'extrême – une réaction désespérée pour me protéger d'un danger imminent et inconnu. L'homme me recouvrit d'abord de poussière, puis il se mit à frapper violemment la terre très près de ma tête. J'entendais les sifflements stridents d'un fouet, d'une tige ou d'une branche qui fendait l'air, annonce d'un coup qui pouvait s'abattre n'importe où. Les sens en alerte, j'anticipais la douleur qui ne venait pas, je souffrais de me préparer au pire. Pendant ce temps, les anciens encourageaient mon bourreau en reprenant en chœur le refrain de l'hymne des initiés :

« Femmes et hommes nouveaux, nous avons faim des os de vos dépouilles. Que l'épreuve dévore copieusement chacun de vous ! »

Les autres disciples furent menacés à leur tour de la même manière. Nous étions tous devenus des cadavres déposés côte à côte sur une même ligne, et malheur à qui remuerait encore, oserait une parole, un pleur, un soupir, celui-là franchirait la frontière du trépas. Interdiction formelle de nous toucher, même de nous effleurer, cela représentait l'ultime offense, une souillure, le pire des sacrilèges, l'impardonnable.

Durant cette expérience, je fis un voyage étrangement agréable parmi des sensations et des images inédites et apaisantes. Le mélange de souffrance et de frayeur m'avait épuisée, il avait engourdi mes pensées et m'avait précipitée dans une torpeur que je vivais comme un soulagement. J'étais immobile mais avais l'impression de pouvoir me mouvoir autrement, sans encore savoir comment. « Endors-toi du sommeil de la mort. » Des paroles confuses cognaient à mes tympans. « Nous seuls connaissons les délices des tombeaux. » Des pieds frôlaient ma taille ; qui dansait autour de moi ? Peut-être de mauvais anges qui tentaient de m'enlever. J'existais dans une douce confusion, un monde irréel où se rencontraient des diables et des animaux tout droit sortis des fables de Ma Louisa dans l'atmosphère ombragée de sa case, le lièvre rusé apparut ; de ses cabrioles il m'encourageait à l'audace. J'entendais aussi des bribes de paroles susurrées par les combattants tombés sur la plaine de Mbwila, tentai de déchiffrer le sens de leurs mots, mais l'on me couvrit d'un pagne. Les bras d'un homme me saisirent par les épaules. Il me chargea sur son dos musclé, puis me transporta dans l'obscurité sur un chemin sinueux. Le temps se diluait, mes yeux avaient perdu toute mesure de l'espace ; je me laissais aller et m'autorisais à me délecter de cette sensation de légèreté, lorsqu'une voix hurla à mes oreilles :

« Vous n'êtes rien d'autre que des porcs et des chèvres ! Vous ne valez rien ! »

Une femme aux gestes brusques me secoua violemment, me déséquilibra, me fit tomber sur le sol, me releva puis recommença, une fois, deux fois, trois fois, sans s'arrêter. Chaque fois que je m'effondrais, la gardienne vérifiait que je me comportais conformément à mon état de morte, immobile et silencieuse. Enfin, elle me coucha sur des feuilles de bananier, mais de son pied elle écrasa de tout son poids mon front. Ma boîte crânienne s'apprêtait à exploser, et, au bord de l'évanouissement, tout devint trouble et d'un noir d'encre. J'étais comme saoule, ailleurs ; ma sœur jumelle me prenait la main et, ensemble, nous nous laissions porter un long moment par le courant. Nous nous tenions la main sans dire un mot, simplement heureuses de nous retrouver après toutes ces années, j'arrivais à ressentir la douceur relaxante de l'eau fraîche sur mon dos, puis nous sortions souriantes des eaux claires de la rivière Mpozo, toutes deux saines et sauves cette fois. Plusieurs camarades crièrent de douleur. Des bras arrachèrent leurs poids morts du sol. S'ensuivirent des jurons, des reproches, une avalanche de gifles, de piétinements, des supplications déchirantes pour ne pas être chassés. Exilée dans ma bulle avec ma cadette, je demeurai hermétique à leurs souffrances. Le bruit de leurs demandes désespérées s'estompa à mesure qu'on les éloignait, puis plus rien, aucun son, pas le moindre écho.

Ce traitement, je dus l'endurer chaque nuit durant un long mois. Je mourais au crépuscule, mettais mon corps en suspens, divaguais. Mes pensées prenaient des envols chaotiques, suivaient des trajectoires extravagantes et, aux lueurs de l'aube, je revenais à la vie. Mes jours se déroulaient de manière invariable selon un rythme établi depuis la première épreuve de la Difficulté bien des siècles plus tôt. Un bain le matin aux aurores ; un temps d'immersion délicieuse, de fraîcheur et d'oubli. Les yeux fermés, je suivais très lentement le fil du courant afin que mon corps endolori par la nuit goûte aux vertus réparatrices de l'eau glacée. Je savourais dans ma chair ces résurrections quotidiennes. J'en profitais pour me fondre un long moment dans la rivière, comme pour, en renaissant, assembler à nouveau mon âme et mon corps avant de retourner au monde visible. Dès que le maître, avec sa cloche, sonnait la fin des ablutions, je sortais de la source puis m'enduisais de la tête aux pieds d'une épaisse couche de terre rouge. Je ne revêtis rien d'autre pendant toute la période de l'épreuve. Ensuite, l'ordre nous était donné de nous étendre au soleil et d'endurer sa brûlure jusqu'à l'heure du déjeuner frugal – un pain de manioc et un fruit, mangue ou papaye –, avant de nous exposer à nouveau aux rayons de l'astre du jour.

« Que les tisons lumineux boivent tout votre sang ! » crachait le maître à nos visages.

Nos organismes étaient au bord de la rupture. Manger peu ne me dérangeait pas, je m'y étais habituée dès l'enfance, mais le manque d'eau était une torture. J'avais la bouche si sèche que ma langue collait à mon palais. Je m'accrochais, serrais les dents, m'imaginais replonger dans la rivière, m'y rafraîchissais, me désaltérais, puis mourais à nouveau.

Avec le temps, j'arrivais de plus en plus souvent à mobiliser des images féeriques, à convoquer des rêves lumineux. J'en voulais à ce corps félon qui m'enchaînait à la futilité des éléments extérieurs : le feu du soleil, la faim, la soif. Je prenais plaisir à m'abandonner à l'attente, à me nourrir de l'espoir de retrouver, au petit matin, non pas la texture ou la température des flots, mais l'ébriété de mes sens au contact de l'eau et l'énergie spirituelle que j'emmagasinais alors. Ces informations immatérielles m'aidaient à me préparer et à supporter les interminables heures de la nuit, un temps de profonde introspection où me revenaient parfois les mots de Ma Louisa :

« Ferme les yeux, fillette, toi qui n'as pas connu l'époque de la prospérité. Imagine les femmes et les hommes du Kongo, debout, fiers et souriants. »

Au dernier jour de l'épreuve, je n'avais plus que la peau sur les os. Mes yeux de lune ressemblaient sans doute à deux nuages gris et épais annonciateurs d'une catastrophe à venir. Je délirais sous la fournaise de midi ; ma sœur apparaissait et déployait sa chevelure à l'infini pour me protéger des rayons ardents. Elle se faufilait au cœur de la nuit jusqu'à ma natte et, pour me distraire des rêves macabres qui me hantaient dans l'obscurité, me racontait des histoires incroyables avec la voix de Ma Louisa. Tout se brouillait. C'était l'une ou l'autre qui soignait mes membres fatigués, m'empêchait de bouger et de me plaindre. Ma cadette me consolait à l'aide de baisers tendres sur mes mains ou sur mon front, de caresses le long de mes tempes et sur mes joues. Elle réussit même à me faire rire aux éclats. Cette fois-là, je tardais à sortir du bain rituel, j'étais éreintée et hésitais à rester dans l'eau, pour toujours auprès d'elle. Mais elle commença à chahuter autour de moi, je pouffais sans pouvoir m'arrêter, elle m'éclaboussa et me força à regagner la berge.

C'était à l'aube, à l'époque de la nouvelle lune. Mon cadavre fut fardé de poudre d'argile blanche à l'exception du haut de mon crâne, recouvert, lui, de cendres de feuilles de manioc et coiffé d'une couronne d'écorce brune. On m'obligea à avaler une mixture écœurante broyée au mortier : des écailles d'œufs pour favoriser ma renaissance, des bouts de bois pour me réinsérer dans la terre mère, du sel et du poivre pour renouer avec les hommes. Mon visage fut masqué d'un pagne de raphia. On me porta ensuite jusqu'au lieu où j'avais été exécutée pour la première fois, quatre semaines plus tôt.

Déterminée à ne pas faillir, je luttai pour ne pas m'effondrer, les yeux fermés. Près de moi, le maître, ou peut-être était-ce un esprit, chantait et me demandait de répéter après lui. Un filet de voix faible et tremblant s'échappa de mes lèvres :

« Désormais, tu es mon frère, ma sœur, l'enfant a disparu, reconstituez son corps ! J'ai désiré les rites de l'épreuve, j'ai voulu revêtir les vêtements de gloire. Que je meure deux fois, trois fois, toujours je saurai recoudre ma natte, si usée soit-elle ! »

Le maître s'agenouilla devant moi et me découvrit la tête. Il prononça d'étranges incantations, frotta mon corps avec des feuilles à l'odeur répugnante. Je ne résistai pas lorsqu'on badigeonna mes paupières du reste de la mixture piquante censée m'insuffler une vie nouvelle. Une poule blanche fut décapitée, son sang rougit mon visage, et des masques furent disposés tout autour de moi. Malgré les tentatives pour m'ensorceler, m'exciter ou me pousser à réagir, je restai de marbre. Aux premières notes de tambour, on me permit enfin d'ouvrir les yeux.

Kimpa Vita avait réussi. J'avais traversé les difficultés, avais maintes fois ressuscité. J'étais prête, me tenais sur mes deux jambes, seule face aux anciens initiés, au maître. Appolonia était également présente, cette fois j'en étais certaine ; elle avait veillé sur moi tout au long de l'épreuve. Tous s'étaient allongés à mes pieds et restèrent immobiles après avoir recouvert leurs corps de poussière. Je pris conscience de ma solitude : j'étais la seule candidate à être allée au bout de l'initiation.

Pendant les sept jours qui suivirent, les femmes du village s'occupèrent de moi. Elles se relayèrent six nuits consécutives à mon chevet, le temps de s'assurer que j'étais hors de danger. Elles soignèrent mes nombreuses blessures et pansèrent surtout les ravages du soleil sur ma peau avec des crèmes qu'elles tiraient de mixtures improbables, mélanges de sève de plantes et de suc de racines dont elles avaient le secret. Elles veillèrent aussi à me réhydrater et à me réapprendre à m'alimenter graduellement pour ne pas brusquer un organisme trop longtemps soumis aux privations. Une fois que je fus remise sur pied, on donna une fête pour clore l'épreuve de la Difficulté et honorer l'unique élue. Les villageois dansèrent en cercle, puis m'invitèrent à me placer au centre. Une nouvelle vague de chaleur m'enveloppa ; j'entrai en transe. Mon esprit prit lentement son envol jusqu'à léviter, il regardait mon corps s'animer de soubresauts, se mettre à tourner sur lui-même et se donner en spectacle : une chorégraphie de mouvements étranges rappelant que j'étais un être qui achevait son renouvellement. Je me dressai sur la pointe des pieds et progressai jusqu'au milieu de l'assemblée en me recouvrant d'écailles vertes étincelantes. J'avançai avec souplesse, me transformai en un lézard en pleine mue, j'ondulais, me tortillais, mon dos s'arquait parfois entre la plante de mes pieds et la paume de mes mains plaquées au sol, puis je demeurai un moment sans bouger. Ensuite j'imitai la courbe d'un arc-en-ciel, signe que, dorénavant, une partie de moi habitait le ciel. Je me redressai d'un bond et recommençai à suivre le rythme de la musique sous le regard admiratif et craintif des spectateurs. J'entrai dans une nouvelle peau, restai plantée sur mes appuis, mon torse entama des allers-retours en cadence ; de l'assistance monta une clameur de surprise suivie d'applaudissements. Je les invitai tous à me rejoindre. Au cœur de la plaine éclairée des tons orange et bleus des prémices de la nuit, certains mimèrent mes gestes, d'autres improvisèrent. Ensemble, nous fêtions ma résurrection autant que la réhabilitation d'une tradition ancestrale annonciatrice de lendemains meilleurs.

À l'aube, je pris un ultime bain dans la rivière, enduisis mon épiderme d'huile de palme jusqu'à briller au soleil et me parai d'un somptueux pagne multicolore. Il était temps. J'avais hâte de rentrer chez moi, de tout raconter à Ma Louisa. Pour m'être illustrée comme l'unique survivante de la cérémonie, j'avais obtenu le titre honorifique de NaKongo, cheffe Kongo : une femme-esprit qui avait acquis le pouvoir de naviguer entre les morts et les vivants. Mon regard était plus énigmatique encore qu'autrefois, mes attitudes et mes gestes plus solennels. Appolonia m'avait mise en garde :

« Kimpa, tu as vécu la mort à plusieurs reprises. À partir de maintenant, ton comportement paraîtra parfois instable aux simples mortels. D'un jour à l'autre, ou au cours de la même journée, on te trouvera lunatique, atypique, voire asociale. Beaucoup t'adoreront, certains te fuiront… C'est le lot des initiés. »

Lorsque je quittai la plaine, j'entendis en écho les villageois scander :

« J'ai désiré les rites de l'épreuve, j'ai voulu revêtir les vêtements de gloire. Que je meure deux fois, trois fois, toujours je saurai recoudre ma natte, si usée soit-elle ! »

De retour à São Salvador, je me réjouissais de revoir Ma Louisa, mais l'unique pièce de sa demeure avait été vidée de ses affaires, à l'exception de sa chaise à bascule. Inquiète, je me rendis chez mon père. Il me trouva tellement changée qu'il resta à distance et n'osa pas m'embrasser lorsque je franchis le palier de sa maison en briques de terre récoltées dans des ruines. Il était debout, à l'entrée, et se tenait en retrait, comme pour se protéger d'un visiteur indésirable. Je le sentais gêné, intimidé ; j'hésitai moi aussi à m'avancer et m'arrêtai. Pourtant, je ne lui en voulais plus. Si l'initiation avait été un moment de souffrance, elle m'avait aussi apporté confiance en moi et donné l'accès à un monde nouveau, celui de l'invisible. J'aurais tant aimé lui faire part de mon expérience, mais aucun son ne sortit de ma bouche. Nous restâmes ainsi, face à face, sans dire un mot, dans le clair-obscur du logis mal éclairé par le feu du foyer. Seul le crépitement des flammes qui consumaient les bûches coupait parfois le silence. Mon père baissa la tête, son pouce et son index froissaient nerveusement le tissu de son habit. Il avait perdu toute assurance. Les bras ballants, il balbutia un salut, puis roula les yeux en évitant soigneusement la lumière intense de mon regard. Bien qu'il ait été très fier du statut dont j'étais désormais auréolée parmi les Bakongos, mes exploits avaient fait de moi un personnage à la fois très respecté, envié mais aussi redouté de tous dans l'ancienne capitale. Transformée en l'espace de quelques semaines en un être singulier voyageant entre le monde des morts et celui des vivants, je jouissais du pouvoir de m'entretenir avec les défunts, de prédire l'avenir et de diriger le peuple. Même s'il me fallait encore du temps pour apprendre à maîtriser ces facultés hors du commun, je n'étais plus la petite fille qui avait besoin de protection ou de conseils paternels. Dans un élan, il bredouilla :

« Tu pourrais t'éloigner un temps de la capitale, puis tu reviendrais, plus sereine. J'ai peur de la rancœur des uns, de l'amertume des autres. Va-t'en découvrir le monde ! »

Ces mots furent couverts par la douce voix de Ma Louisa, qui venait de loin et me berça. La doyenne apparut, ses doigts glissèrent sur mon visage, essayant de retrouver sous mes traits le bébé que j'avais été et qu'elle avait aimé, soigné et câliné entre ses bras maigres. Émue, elle prit dans les siennes les mains de celle que l'épreuve de la Difficulté avait modelée en une magicienne guerrière, encore bien trop jeune et fragile pour assumer l'immensité de la mission dont on la chargeait. Elle m'invita à m'agenouiller en face d'elle, colla son front contre le mien, soupira et susurra à mon oreille :

« Je te félicite, Kimpa. Il y a bien longtemps, moi aussi, j'ai réussi l'épreuve de la Difficulté. Sois patiente et prends le temps d'apprendre, de grandir et de connaître l'âme humaine »

Je lui adressai un grand sourire et m'approchai encore plus près d'elle ; ma joue effleurait ses lèvres. Tandis qu'elle murmurait ses conseils, une vague de chaleur monta de mes orteils et parcourut mes jambes. Je frissonnais, ma respiration s'accélérait, la confusion s'immisçait dans mon cerveau, je voyais flou : une transe s'annonçait. Mes pensées cherchaient à tisser de nouveau un lien avec ma sœur jumelle. J'étais ailleurs. Tout se brouillait encore. Près de moi revint Ma Louisa, souriante, qui se balançait très lentement sur sa chaise. Mon corps se tourna vers elle alors que ses bras m'enlaçaient. L'accolade me rassura, mais j'avais besoin d'entendre la voix de la vicillc conteuse.

« Ma fille, tu dois être fatiguée, viens te reposer ! »

Elle me baisa le front et me garda contre elle en m'accompagnant jusqu'à ma natte.

Je me défis de son étreinte, me dressai sur la pointe des pieds, la remerciai en prononçant son nom ; mon père me regarda avec horreur, porta ses doigts à la bouche et bégaya :

« Ma Louisa est morte pendant ton absence, Kimpa ! »

La vie avait quitté le corps de ma mère adoptive, mais je sentais la présence de son âme, j'entendais ses mots et savais que son esprit resterait pour toujours avec moi.

Mon père quitta la pièce précipitamment. Bien des années après la première, il venait de perdre la seconde de ses jumelles.

Après que l'image de Ma Louisa se fut peu à peu dissipée, mon sommeil fut lourd et apaisant. Une douzaine d'heures plus tard, des bruits de bottes sur la terre battue me réveillèrent en sursaut. Devant moi s'agitaient des hommes en uniforme et en armes aux visages pâles, mangés par des barbes fournies et barrés de moustaches noires. La dureté de leurs regards m'effraya autant que le métal qui couvrait les poitrines et les jambes de ces êtres d'un autre monde. J'écarquillai les yeux et crus d'abord à une nouvelle apparition extraordinaire, mais le contact froid d'un canon de mousqueton sur ma tempe me ramena brutalement à la réalité. Je rencontrais les terribles oppresseurs venus de l'autre côté de l'océan pour la première fois. Ils vociféraient dans une langue que je ne comprenais pas ; je ne bougeai pas. Celui qui me tenait en joue aboya un ordre, le répéta, mais je l'ignorai. Il perdit patience. D'un signe de la tête, il autorisa les autres à se ruer sur moi. Ce fut une mêlée confuse de bras qui me ceinturèrent sans ménagement, m'arrachèrent du sol tandis que je frappais des pieds et des mains, au hasard. Je hurlai, mordis une épaule jusqu'au sang, l'un d'eux me gifla deux fois. Mes oreilles sifflaient : j'étais sonnée.

En ce temps-là, les représentants du roi de Portugal au Kongo avaient mis en place une politique de pacification qui consistait à créer une classe de Bakongos acquis à leur cause et formés par leurs soins. Des détachements de soldats menés par des officiers recruteurs venus de Luanda devaient enrôler, de force si nécessaire, des jeunes locaux talentueux et prometteurs, afin de les scolariser. Ils ciblaient en particulier les membres de l'aristocratie hostiles à la présence européenne sur leur sol, des familles nostalgiques des temps anciens soupçonnées de vouloir rétablir le royaume. Ils n'hésitaient pas à les enlever, à les séquestrer loin de chez eux pour en faire soit de futurs catéchistes chargés de convertir leurs concitoyens au christianisme, soit des ouvriers qualifiés, voire des enseignants destinés à propager la langue et la culture portugaises parmi les autochtones. Espérant à la fois me protéger en m'éloignant de São Salvador et me permettre de bénéficier du savoir des ecclésiastiques européens pour parfaire mon éducation, mon père avait fait prévenir le convoi qui s'approchait de la ville.

Je fus raflée par les militaires. Malgré mon opposition farouche, ils arrivèrent à me maîtriser et me poussèrent vers une cage roulante tirée par quatre chevaux. Plus d'une vingtaine d'adolescents y étaient déjà entassés, tous effrayés, sans doute convaincus qu'ils seraient mis en esclavage, vendus et voués à disparaître. J'étais décidée à résister coûte que coûte et ne cédai pas. Je tremblais et peinais à retrouver mon souffle, mais je parvins à me défaire du soldat qui me tenait. Son camarade, le visage déformé par la colère, me fixa et, prêt à me frapper avec la crosse de son arme, m'intima l'ordre de ne pas avancer davantage. J'hésitai. Une main se posa délicatement sur mon épaule. L'un des prisonniers me supplia du regard :

« Il ne sert plus à rien de lutter, tu risques simplement d'aggraver les choses en te blessant. Allez, viens ! »

Le garçon paraissait d'une étonnante sérénité pour son jeune âge ; il me tendit la main et m'aida à monter. Je me résignai à le suivre. L'adolescent me fit une place près de lui ; je m'assis, enfouis mon visage dans mes paumes et plongeai dans un profond abattement, le corps secoué de hoquets silencieux. Le jeune homme me laissa pleurer longtemps avant de se présenter.

Il s'appelait João Barro, était originaire de la province de Kibangu, à l'est de São Salvador, et devait être mon aîné d'un an ou deux. Il essaya de me distraire, sans succès. Ses grands yeux noirs éclairaient la peau brun foncé de son visage aux joues potelées et roulaient dans tous les sens. Ses tentatives finirent par m'attendrir, il arriva à me décrisper un peu malgré lui : João avait des membres trop longs pour son corps maigre, des jambes et des bras qui avaient dû grandir si vite qu'ils lui donnaient quand il bougeait des airs de pantin désarticulé. Tandis que je me tournais vers lui, il lança :

« Prends le temps de regarder discrètement nos geôliers. »

Je levai mes yeux éteints par l'amertume et détaillai nos gardes l'un après l'autre sans rien remarquer. João attendit un peu, il jubilait, puis, tout heureux de me livrer sa réponse, déclara :

« Eh bien, c'est très simple, ils ne portent pas de chaînes. Regarde, ils n'ont pas non plus de fouet. Nous n'avons pas affaire à des marchands d'esclaves ! Dans notre malheur, nous avons échappé à la déportation et à la servitude, le pire des destins. »

Son optimisme dans la détresse me plut, lui et moi échangeâmes discrètement un sourire complice, et je lui livrai mon nom.

Le voyage de São Salvador à Luanda fut harassant, il nous fallut traverser le pays en évitant ses dangers. Les Portugais craignaient de croiser des trafiquants d'esclaves prêts à prendre tous les risques pour nous soustraire à leur surveillance, nous enlever et nous vendre. Ils se méfiaient davantage encore des groupes de maraudeurs qui terrorisaient les campagnes, des associations de bandits de grand chemin ou de déserteurs spécialisés dans le meurtre et le rançonnement, des hommes aux abois, sans foi ni loi. La peur d'être attaqués préoccupait tant les soldats que leur chef décida que nous ne nous déplacerions que la nuit, en empruntant des sentiers forestiers qui rendaient d'éventuels assauts d'envergure difficiles à envisager. Nous nous reposions donc le jour dans des endroits reculés, choisis avec soin, des positions simples à défendre. Installés ici depuis près de deux siècles, les Portugais connaissaient parfaitement nos terres. Ces militaires à peine plus âgés que nous me surprenaient – par leur peau pâle, leurs yeux clairs, mais surtout leur comportement à notre égard. Pendant nos déplacements nocturnes, quelques-uns, les sentinelles, progressaient dans le noir à une dizaine de mètres, à droite, à gauche, à l'avant et à l'arrière de notre prison roulante, d'autres – de véritables fauves – restaient au plus près de nous : ceux-là avaient l'ordre d'assassiner le premier qui oserait faire du bruit, ils veillaient sur nous comme sur une précieuse cargaison. Ils se détendaient le jour mais continuaient à nous ignorer, même lorsqu'ils nous nourrissaient. Un matin, une poignée d'entre eux se dévêtirent devant nous sans aucune pudeur avant de courir se laver dans un ruisseau. Ils se nettoyèrent et s'éclaboussèrent en riant. À la fin de leurs ablutions, ils s'approchèrent de notre cage et se rhabillèrent lentement, dans la bonne humeur. Ils ne nous portèrent pas la moindre attention. Que représentions-nous pour eux ?

Je m'interrogeais aussi sur l'attitude de mes camarades. Tétanisés, tous courbaient l'échine devant les soldats et acceptaient sans broncher le rapport de force qu'on leur imposait. Bien que je fusse captive moi aussi, il m'apparaissait essentiel de garder une forme de dignité dans la défaite et l'humiliation permanente. Afin de ne pas m'opposer à nos surveillants de manière frontale, j'évitais de les défier du regard, mais, en réponse à leurs tentatives d'intimidation, je m'efforçais de tourner la tête sans pour autant la baisser. Cette posture agaçait la plupart de mes compagnons. Je sentais qu'ils prenaient leurs distances à mon égard malgré l'exiguïté de notre geôle et s'assuraient de ne pas être associés à mon comportement. Ainsi, ils me présentaient leur dos ou ne répondaient pas à mes questions.

« Il faut leur pardonner, les défendait João. Au fond, ils t'admirent depuis le premier jour. Ils t'ont vue braver les Portugais au mépris de leur nombre et des mousquetons. Tu sais, ils n'avaient jamais vu une Bakongo tenir tête aux Européens… Moi non plus, d'ailleurs, avoua-t-il, très embarrassé. Kimpa, tout le monde n'a pas ton caractère ! Les gardiens te surveillent de près, et les autres ont tellement peur qu'ils préfèrent te fuir pour ne surtout pas être considérés comme tes alliés. »

Je l'interrogeai du regard. Il marqua d'abord une pause, puis répondit sur le ton de la plaisanterie :

« Tu veux savoir pour moi ? J'ai peur aussi, mais, Kimpa, il faut bien que quelqu'un veille sur toi ! »

Le trajet dura des jours, presque une semaine pendant laquelle nous restions éveillés la nuit en roulant sur des chemins dans les bois qui mettaient nos organismes à rude épreuve. Nous essayions de nous assoupir dans la chaleur et la lumière du jour. Enfin, nous arrivâmes à destination, exténués, obsédés par la seule envie de quitter notre enclos et de dormir.

Le long et colossal bâtiment gris devant lequel s'arrêta notre attelage m'impressionna. Il s'élevait à plusieurs mètres au-dessus du sol, avait été construit avec d'énormes blocs d'une roche sans doute importée d'Europe. Autour des grandes portes en bois, l'entrée était ornée de personnages féminins et masculins finement sculptés dans la matière froide et dure, si élégamment dessinés qu'ils donnaient à la pierre du mouvement et de la souplesse. Mais ce fut surtout la vivacité des émotions sur ces visages figés qui me fascina. Je n'eus malheureusement pas le temps de m'extasier devant cette majestueuse architecture : nos gardiens nous forcèrent à pénétrer dans la vaste cour du collège de filles et de garçons fondé par des jésuites en 1584 non loin de la ville de Luanda.

Cette école prodiguait un enseignement diversifié, allant des sciences humaines au génie civil en passant par le grec, le latin et les langues européennes comme le portugais ou le français. Sa vocation première restait la formation d'un clergé local bilingue à la solde de la couronne lusitanienne. Dès mon arrivée au cœur des murs hauts et froids de l'établissement, je fus présentée au père recteur, qui me dévisagea brièvement avant de m'affecter aux travaux de traduction et de rédaction de la Bible en langue kikongo. Après avoir été initiée aux arcanes de la spiritualité la plus secrète des Bakongos, j'allais bénéficier d'une instruction en langues étrangères, en vue d'une imprégnation aux récits bibliques.

Nous étudiions soit le matin, soit l'après-midi ; le reste de la journée était consacré à des travaux ménagers pour les filles, à des corvées de manutention ou d'entretien pour les garçons. Les ecclésiastiques qui nous encadraient et assuraient les cours se chargeaient eux-mêmes de la préparation des repas, pour éviter d'éventuels empoisonnements, mais surtout pour nous imposer leur régime alimentaire. Nous déjeunions et dînions tous ensemble, en silence, dans un vaste réfectoire, puis nous nous retirions dans nos cellules individuelles exiguës à la nuit tombée, pour n'en ressortir qu'à l'aube. Au sein du collège régnait une discipline très stricte qui excluait tout moment d'oisiveté et d'échanges. Nous étions cantonnés en un espace clos, cloîtrés en une enclave européenne dans notre propre pays. L'idée des Portugais était de changer nos habitudes alimentaires, de nous inculquer leur culture, de nous couper de notre héritage bakongo, de remplacer nos mots par les leurs : de faire de nous des êtres nouveaux.

São Salvador me manquait. Pour endiguer la nostalgie qui m'accablait, je n'eus d'autre choix que de m'évader dans les études. J'appris à lire et à écrire le latin et le portugais après deux ans d'efforts assidus dans des salles austères, où les appuis des fenêtres étaient si hauts que les vitres laissaient passer la lumière sans que l'on puisse voir le paysage. Les cours de langues me permirent d'explorer des mondes jusque-là inconnus. Avec le latin s'ouvraient à moi les portes de l'Antiquité, de l'Empire romain, de son histoire, de ses philosophes et de ses poètes. À travers le portugais, je découvrais la péninsule Ibérique, les paysages de l'Algarve et de l'Alentejo, les couleurs de Lisbonne, celles de Porto et les coutumes des étrangers qui occupaient désormais une partie du Kongo. Je m'extasiais à la lecture des comptes rendus de voyages des marins lusitaniens ; grâce à eux, je me représentais les merveilles terrestres. Mais, si je m'abreuvais de connaissances, je continuais à entretenir un fort attachement à notre terre : rien ici-bas n'égalait la magie enivrante de notre peuple.

J'achevai ma formation en langues en même temps que João. Il s'était lui aussi passionné pour cet apprentissage ; ainsi, nous avions souvent fréquenté les mêmes salles de cours. Même si la politique de notre établissement interdisait une trop grande proximité entre les pensionnaires, ce parcours commun m'avait permis de découvrir un garçon doux doté d'une fine intelligence. Il était devenu très mince et avait tellement grandi durant ces deux années que je paraissais minuscule à ses côtés. J'appréciais ses attentions, sa compagnie me rassurait.

Pour récompenser nos excellents résultats et nous encourager, le père recteur rassembla un matin à l'aube les pensionnaires du collège dans la cour. Les prêtres en soutane noire formaient un arc de cercle devant nos camarades, debout, en rangs serrés. J'étais heureuse de franchir cette étape en compagnie de mon ami ; lui et moi nous tenions dans l'espace qui séparait les élèves des enseignants. Nous étions nus sous les tuniques en coton blanc qui recouvraient nos corps du cou aux orteils. L'émotion me faisait frémir.

Après les lectures bibliques, toute l'assistance reprit en chœur un « Je vous salue Marie », puis le père recteur, notre parrain, baigna nos fronts et termina par ces mots :

« Afin qu'ils deviennent par le baptême fils adoptifs de Dieu et qu'ils renaissent de l'Esprit, prions le Seigneur... Pour que leur parrain les guide dans la connaissance et dans l'amour de Dieu, prions le Seigneur ! »

Je fus ainsi baptisée « Dona Béatrice ». Désormais enfant de Dieu, légitime à l'instruction de la Bible et à la rédaction de sa traduction en kikongo, je m'étais dédoublée. Acceptée dans la communauté des chrétiens et lavée du péché originel, je commençai à étudier le Livre saint à l'âge de dix-sept ans.

Je m'imprégnais des paroles de la Bible en écoutant consciencieusement sa lecture à haute voix au cours des repas et, dans le silence de ma cellule, je méditais la nuit en entremêlant les récits et les légendes de Ma Louisa à ceux dont j'avais été instruite durant le jour. Les mois passèrent, et ce fut d'abord l'affirmation que Jésus était ressuscité d'entre les morts pour annoncer l'avènement d'un monde nouveau qui m'impressionna. J'y voyais un troublant parallèle avec ce que j'avais subi pendant l'épreuve de la Difficulté : cette religion me complétait, elle comblait un vide. L'amour enseigné par la foi chrétienne m'apaisait, distillait en moi le sentiment d'appartenance à une très grande famille, m'offrait le réconfort d'un foyer. Je me sentais portée par une brise légère et vivifiante. Il me tardait d'élargir mon horizon, de dépasser les fluctuations de mes émotions passagères, la nostalgie ou la mélancolie, et de me consacrer aux autres. Désormais habitée par une inclination bienveillante, j'avais à cœur de servir le mieux possible autrui, de le consoler et de cheminer à ses côtés vers la paix.

Je m'enflammais aussi en découvrant le destin des personnages qui, par leur exemplaire ou extraordinaire passage au monde, faisaient dans l'Église l'objet d'un culte. Je m'attachai particulièrement à la dévotion de saint Antoine de Padoue, le patron des naufragés et des prisonniers, celui que l'on avait vu tenir l'Enfant Jésus dans ses bras, et dont la prière avait fait jaillir une miraculeuse eau claire qui guérit les malades. Je priais pour qu'il ait la bonté de me protéger, puisque je vivais cloîtrée derrière les murs du collège. Je rêvais également d'imiter un jour saint

Antoine d'Égypte en léguant tout aux plus pauvres, en m'exilant dans le plus grand dénuement au cœur des ruines d'un fort en plein désert, en lien direct avec Dieu et les esprits des défunts. Ces découvertes étaient comme une lumière qui éclairait chacun de mes gestes, égayait chacune de mes pensées et donnait de l'allant à mes relations aux autres.

J'étais guidée par l'ambition divine de réunir les hommes et les femmes en une même communauté fraternelle, et, le temps passant, devins sensible aux inégalités de traitement entre Bakongos et Portugais que j'observais au quotidien. Plus je me plongeais dans la Bible, plus je remarquais les incohérences entre ses enseignements et les criantes injustices qui avaient cours au sein de l'école. Le doute commença à s'immiscer dans mon esprit ; je ne me satisfaisais plus des réponses de mes professeurs qui inventaient une prétendue différence fondamentale d'ordre divin entre nous tous. Je ne trouvais aucune trace de telles affirmations dans les pages du Livre saint : il n'y était mentionné que des membres d'une seule et même famille créée à l'image de Dieu. Pourquoi seuls les Bakongos faisaient-ils l'objet d'un commerce ? Et notre spiritualité, pourquoi se voyait-elle systématiquement dénigrée par les prêtres, alors qu'elle nous sensibilisait à vénérer nos illustres défunts à l'instar des chrétiens avec leurs saints ?

L'étude minutieuse de la Bible exerçait mon esprit critique. Les interprétations des textes sacrés distillées par les prêtres me semblaient peu à peu invraisemblables, voire mensongères. Elles n'avaient pas pour finalité d'élever les étudiants à la connaissance et de les encourager à s'émanciper, mais plutôt celle de les asservir. Ce constat, implacable, me poussa à changer de regard sur les pratiques de certains ecclésiastiques. À la déception et à l'amertume succéda la colère. Les Portugais respectaient davantage le dogme, la hiérarchie de l'institution inventée par les hommes que le message universel porté par la parole de Dieu. Les missionnaires avaient dénaturé l'essence du christianisme et confisqué le Seigneur pour assouvir leur soif de pouvoir, quand ce n'était pas leur lubricité. Je ne reconnaissais plus aucune once d'amour dans le cœur des séculiers chargés de nous encadrer. Au nom du Tout-Puissant ils traitaient les plus fragiles d'entre nous avec rudesse, parfois avec une violence sadique, tout en menant, hors des murs de l'école, une existence contraire aux préceptes chrétiens. Il se chuchotait dans les couloirs de l'établissement qu'ils fréquentaient des prostituées lorsqu'ils se rendaient à Luanda et, pour certains, s'adonnaient même aux jeux de hasard dans des lieux de débauche. Des rumeurs supposaient que beaucoup participaient au commerce d'êtres humains et capitalisaient en prévision de leur retour au Portugal.

Une religion si généreuse avait été pervertie en un vulgaire système d'oppression des plus humbles. Les enfants de Dieu, plus encore ceux du Kongo, étaient considérés par les membres du clergé comme de banals outils au service de l'enrichissement sans limite. Les graines de la révolte commencèrent à germer dans mon cœur.

Dès ma naissance, mon existence s'était inscrite sur une ligne perméable et floue entre le monde terrestre des vivants et l'univers extraordinaire de l'au-delà. J'avais appris à naviguer dans un espace où la vie et la mort se rencontraient sans cesse jusqu'à se confondre. J'étais fière d'avoir été à la fois choisie par les esprits des ancêtres bakongos et admise parmi les adeptes du Dieu chrétien. Cette dualité m'avait façonnée, mon équilibre en dépendait. Mais, dans l'enceinte de notre école, je constatais dans la douleur une profonde discordance entre ces univers. Je compris que leur désunion était la source des violences et des affrontements qui sévissaient dans tout le Kongo.

J'entamais ma dernière année au collège. Ma formation de catéchiste devait s'achever quelques mois plus tard, afin que je puisse être envoyée dans un village, chargée d'assurer la transmission des savoirs chrétiens en l'absence des prêtres, de servir de traductrice et d'intermédiaire culturelle en leur présence. Pour vérifier que j'assurerais ces missions conformément à leurs attentes, mes enseignants redoublaient de vigilance à mon égard. Or j'étais devenue taciturne, à fleur de peau ; la colère grondait toujours en moi. J'osais couper la parole à mes professeurs, soutenais leur regard avec mes yeux de lune en les interrogeant. Je n'hésitais pas à les provoquer, à relever leurs contradictions. Certains prêtres s'offusquaient, d'autres perdaient patience et m'ordonnaient de me taire, tandis que ceux qui se sentaient acculés me sommaient de me ressaisir avant qu'il ne soit trop tard. Ma mauvaise réputation grandissant, je détonnais ; n'étant plus la jeune fille docile et soumise d'autrefois, j'agaçais. Mon port de tête trahissait une profonde confiance en moi : de Kimpa Vita l'humble, la studieuse, j'étais devenue Dona Béatrice l'effrontée.

Le père recteur, à la fois mon parrain et mon confesseur, me convoqua un soir. J'avais longtemps suscité l'admiration de cet homme de stature imposante au crâne garni de rares cheveux poivre et sel. Toujours mesuré dans ses propos, il me trouvait brillante, différente, inspirée, affirmait-il dans une diction lente et posée qui invitait l'interlocuteur à écouter attentivement ses phrases courtes, fruits d'une longue réflexion. Au fil de nos entrevues, il avait commencé à se méfier de mes envolées enflammées. Il secouait de plus en plus souvent la tête tant je le harcelais de questions au lieu de me satisfaire de ses réponses convenues. Le teint rose de son visage s'empourprait, il pinçait les lèvres, fronçait les sourcils et me dévisageait parfois d'un air où se mêlaient la fascination et l'horreur. Cette fois, j'entrai dans la pièce – une salle froide et haute de plafond, faiblement éclairée par des chandeliers –, fermai la porte derrière moi, puis m'agenouillai entre sa bibliothèque et son bureau. Je restai muette, tête baissée, et reçus une interminable série de reproches débités sur un ton monocorde, qui se termina par une injonction à me repentir :

« Béatrice, ma fille, je te pardonne, Dieu te pardonnera tout pourvu que tu reconnaisses la gravité de tes fautes et promettes, à l'avenir, de faire preuve d'obéissance. »

Le quinquagénaire retira son chapeau, une barrette d'épais tissu noir. Il se leva péniblement de sa lourde chaise, un trône en bois massif sculpté, contourna le plateau de la table et se posta debout face à moi. Il interrompit son monologue en me demandant de diriger mon visage vers le sien, accompagna ses mots en se penchant un peu. Ses doigts effleurèrent mes lèvres, puis appliquèrent une pression sous mon menton.

« Cette fougue qui te consume de l'intérieur, ma fille, je vais t'apprendre à la contenir. Laisse-moi faire. »

J'ouvris des yeux empreints d'un profond respect pour le seul ecclésiastique dont j'estimais encore l'intégrité. Pourtant, une lueur dans son regard m'inquiéta. Alors que j'étais à genoux, la tête à hauteur de sa taille, il me fixa ; l'expression de son visage me tétanisa. Ensuite, il prononça des paroles ambiguës que je refusai de comprendre ; je souhaitais simplement trouver la force de me relever pour fuir au plus vite, très loin de lui. Mais mes jambes, soumises à un tremblement incontrôlable, ne m'obéissaient plus. L'homme qui me surplombait jubilait de me savoir impuissante, prise au piège et à sa merci. Il déglutit, ses lèvres s'humidifièrent lorsqu'il s'approcha des miennes ; je perçus alors une odeur infecte de renfermé et de vieille transpiration.

Soudain, saint Antoine de Padoue m'apparut. Recouvert d'une élégante bure écarlate, son corps faisait barrage entre l'ecclésiastique et moi. Il me sourit, s'agenouilla, plaça ses bras sous mes épaules et me donna la force de m'écarter. Une fois que je retrouvai mes appuis, la vision disparut. Le père recteur me saisit fermement par le poignet tandis que son autre main glissait sur mes hanches ; je me débattis, réussis à me défaire de son étreinte et m'enfuis.

Je prétextai souffrir de terribles douleurs au ventre et décidai de demeurer à l'isolement toute une semaine. Mon ami João m'apportait des repas deux fois par jour, mais je n'y touchais pas. Il insistait, je refusais. Alors, il s'asseyait à même le sol devant ma cellule pour me distraire, mais un rien m'écœurait. J'étais prisonnière, y compris de mon corps qui avait suscité la lubricité du recteur. Grâce au jeûne, qui atténuait mes sensations corporelles, j'arrivais cependant à concentrer mon énergie sur les choses de l'esprit. João me mettait en garde :

« Fais attention, Kimpa. Les professeurs se montrent de plus en plus soupçonneux. Ils se demandent ce que tu manigances. Le recteur lui-même s'inquiète… Promets-moi que tout ira bien ! »

João avait peur : qu'adviendrait-il si d'aventure je continuais à ne pas m'alimenter ?

Mais je ne voulais céder sous aucun prétexte : moi seule déciderais de la fin de ma retraite. L'endoctrinement qui aurait dû faire de moi un agent docile, acquis aux intérêts de la couronne portugaise au Kongo, avait échoué. Le courroux que je nourrissais se muait lentement en inspiration ; il me semblait urgent d'imaginer une autre manière d'être au monde. Il ne s'agissait surtout pas d'en finir avec la foi en Dieu, mais de combattre efficacement ceux qui pervertissaient sa parole. Pour moi, les mécréants n'étaient pas les sorciers qui erraient sur les sentiers du royaume du Kongo, ni même les maîtres qui m'avaient initiée à la Difficulté, mais bien les prêtres menteurs et le recteur, habités par le Malin.

Je restais immobile, les yeux fermés, durant des heures, pour tisser un lien avec les esprits des anciens afin que leur sagesse m'éclaire et m'insuffle de nouvelles pensées. Je leur parlais à voix basse, me concentrais, préparais ma tête aux messages qu'ils voudraient bien me livrer ; je méditais. Je traçai un nouveau chemin en me nourrissant directement à la source : le Seigneur et le Livre sacré. Du fond de ma cellule, je me livrais à d'interminables introspections, imaginais un univers régi selon les principes de justice et d'équité du christianisme, qui offrirait une place plus enviable aux femmes et aux hommes du Kongo. Au centre de mes préoccupations, je souhaitais que l'Afrique et l'Europe se rencontrent en une harmonieuse synthèse, tendues vers un avenir meilleur. Il fallait commencer par tout réinventer ici, au Kongo. Cette contrée héritée de mes ancêtres, je la chérissais et étais convaincue que, par la majesté de ses paysages et par la dévotion de son peuple, elle jouissait de la même considération dans le cœur du Tout-Puissant.

Très fragile, encore plus maigre que d'ordinaire et instable sur mes appuis, je sortis de ma cellule au bout d'une semaine et acceptai de déjeuner avec mes camarades. Je fus prise de vertige dès mon entrée dans le réfectoire, mais arrivai à rester debout alors que tous autour de moi s'asseyaient sur les bancs. Mon regard se perdit très loin parmi les fresques peintes au plafond ; la plus grande représentait un Christ au visage souriant au milieu de ses brebis. Ma bouche s'ouvrit. J'aurais aimé que ma voix résonne dans l'immense pièce, or aucun son ne se fit entendre. Je pointai les professeurs du doigt, un à un, me hissai sur mes orteils, leur adressai un regard froid et méprisant, me levai, grimpai sur une table avant de me balancer d'avant en arrière. Mes hanches se mirent à onduler en une danse étrange dans laquelle je me penchais, jusqu'à me trouver au bord de tomber ; je me ressaisissais, puis je recommençais. Les yeux révulsés, je réussis à bouger les lèvres, mais il m'était impossible de prononcer la moindre parole. Alors, toujours en mouvement, je me signai et, après avoir écarté mes bras en croix, éclatai d'un rire qui s'échappa de ma gorge et retentit contre les murs épais du réfectoire.

Une dizaine d'ecclésiastiques accoururent de tous les côtés, s'empressèrent de m'empoigner et me traînèrent jusqu'à la cour. Je ne résistai pas. Ivre de rage, le père recteur rassembla les étudiants ainsi que tout le personnel et ordonna que la fautive soit attachée, dos nu, au sinistre poteau des punitions infesté d'une odeur âcre de sang séché. Afin de m'humilier, je fus livrée à tous les regards à moitié dévêtue. C'en était trop : il fallait sévir afin d'empêcher une propagation aux autres de mes comportements subversifs. Pour l'exemple et pour expier mes graves fautes, je fus fouettée jusqu'à perdre connaissance, puis enfermée dans un cachot.

Je comptais parmi les plus anciennes du collège et soutenais nombre de mes camarades traumatisés par la rafle qui nous avait arrachés à nos familles, tourmentés par l'éloignement et la sévérité des ecclésiastiques à l'égard des élèves laborieux. Je me rendais disponible pour celles et ceux qui réclamaient mon aide, toujours prête à écouter, à consoler et à secourir. Les plus fragiles étaient acquis à ma cause depuis que j'osais défendre haut et fort les droits des Bakongos et réclamer une égalité de traitement. J'endossais volontiers ce rôle de pilier, de modèle, d'icône que craignait pourtant la hiérarchie. À ses yeux, je n'étais plus qu'un fléau, une dangereuse subversion qui risquait de s'étendre à l'ensemble des pensionnaires.

Les sévices qui m'avaient été infligés avaient davantage scandalisé qu'effrayé mes camarades. Dès qu'il s'agissait du cas Dona Béatrice, les professeurs, désemparés, perdaient toute contenance et ne réagissaient que par la violence – un aveu de faiblesse qui renforçait la crédibilité de mes thèses. Le recteur lui-même semblait dépassé par ce bout de femme originaire d'une contrée de l'arrière-pays si éloignée de Luanda. Soucieux de mon état de santé, mes condisciples sollicitaient les enseignants pour obtenir des informations mais se heurtaient au mutisme de la direction. João supplia de me rendre visite avant qu'il ne soit trop tard. Sa requête fut sèchement rejetée ; on le menaça de l'incarcérer à son tour s'il s'entêtait.

Alors, le mécontentement prit la forme d'actes de résistance isolés : deux jeunes filles renoncèrent à faire la vaisselle et brisèrent des assiettes ; des garçons de corvée de bois refusèrent de quitter l'enceinte de l'établissement. Le père recteur avertit les étudiants frondeurs : ils risquaient la mise à l'écart, voire le cachot. Aucun d'eux n'obtempéra. Un vent de révolte se leva dans les salles de classe : des adolescents tapaient du poing sur leurs tables pour empêcher la poursuite des cours ou s'en allaient bien avant leur terme au mépris des règles de bonne conduite de l'établissement. D'autres chahutaient dans les couloirs en scandant des cris de ralliement à ma gloire. Les plus virulents fracassèrent une petite statue de la Vierge sur le sol. La situation dégénérait.

En réponse, la direction décréta que les pensionnaires devaient regagner immédiatement leurs quartiers et ne plus en sortir jusqu'à nouvel ordre, sous peine d'être lourdement sanctionnés. Aucun n'accepta de se laisser confiner dans les dortoirs.

Les Portugais perdaient prise sur les événements. La menace d'un soulèvement planait. Les religieux se réunirent en cellule de crise. Une intervention militaire s'imposait. Mais, pour le recteur, un recours à l'armée eût été interprété en haut lieu comme un signe de mauvaise conduite de son établissement. Au terme d'échanges tendus, il calma les esprits : n'était-ce pas simplement le propre de la jeunesse d'être impulsive et changeante ? Tout rentrerait bientôt dans l'ordre, il en avait la certitude.

Le vendredi, ma tête gisait sur le sol souillé de mon cachot, sans qu'il me soit possible de la relever. Ma perception du monde alentour s'altéra alors que je passais de vie à trépas. Des images de mon enfance, des souvenirs de mon initiation et des scènes de la Bible se matérialisèrent brièvement devant moi. Au cœur de la clarté aveuglante se dessina la silhouette majestueuse de saint Antoine de Padoue vêtu d'une soutane écarlate. Un cercle argenté auréolait le haut de sa tête. Il tenait affectueusement un nouveau-né entre ses bras, un enfant qui me ressemblait, aux yeux en forme de croissants de lune. Il s'approcha, s'accroupit, me sourit, se coucha à mes côtés sans dire un mot, puis son image se volatilisa. Je fermai mes paupières et le vis parcourir ma cellule, puis planer au-dessus de moi, avant de laisser place au noir complet. Je m'étonnai, me réjouis enfin qu'un homme si illustre m'ait consolée, veillée durant un jour et deux nuits, et ait intercédé auprès de Dieu en ma faveur. Celui qui avait traversé les siècles pour me recueillir en son sein réapparut et me caressa tendrement le front. Une part de son être glissa doucement à l'intérieur de ma poitrine. Mon esprit quitta mon corps endolori, et la magie advint pour la première fois : l'âme d'Antoine de Padoue, nichée dans mon cœur, réveilla Kimpa Vita de la mort.

Elle fut secouée de légers soubresauts, une fièvre l'embrasa du sommet du crâne aux chevilles, puis montèrent des picotements, de l'extrémité de ses doigts à ses avant-bras ; enfin, un vertige la fit trembler. Kimpa Vita se redressa, ivre mais debout, et se mit à chanter. Une onde, comme une brise de printemps, enveloppa d'abord ses épaules, enduisit ensuite sa peau et pansa les plaies qui lui brûlaient le dos. Elle commença à tanguer de part et d'autre de la pièce malgré l'exiguïté. Légère, elle lévita toujours plus haut, sortit de l'enceinte du collège avant de traverser lentement le ciel et ses nuages cotonneux, puis survola des paysages inconnus : une tumultueuse cascade au fin fond d'une jungle, des océans de glace à perte de vue, ou des chaînes de montagnes comme des barrières infranchissables, aux cimes se fondant dans l'azur. Elle s'évapora et réapparut au milieu d'une vaste étendue désertique, rocailleuse et sableuse, baignée de soleil. De Kimpa Vita émanait une lueur d'aurore. Saint Antoine avait préféré quitter la solitude sereine de sa retraite et sa place de choix auprès du Seigneur pour mêler son destin au sien. Il avait mis un terme aux funestes desseins de ses bourreaux, la libérant d'une fin certaine afin qu'elle devienne son alliée pour l'éternité. Il lui indiqua qu'elle devait se mettre sans tarder au service de Dieu, sortir enfin les humbles de l'ignorance et de la soumission. Kimpa Vita avait survécu une fois de plus. L'heure de la rébellion allait bientôt sonner, et avec elle retentirait le glas de l'oppression. Un vent se leva, comme une brume très épaisse dont l'opacité baissait d'intensité jusqu'à laisser voir des ombres humaines, puis tout s'obscurcit.

Des instants de blancheur éclatante et de ténèbres absolues se succédèrent. Tandis qu'au loin tintait faiblement la cloche qui annonçait les matines dominicales, une lumière soudaine illumina ma geôle. Je me relevai difficilement, toussotai en me tenant la gorge : je revenais à la vie. La porte du cachot où je croupissais s'ouvrit sur un prêtre au visage tuméfié, à l'air terrorisé. Il s'agenouilla face à moi, les mains jointes comme pour m'adresser une prière. Ses lèvres bougeaient mais je ne l'entendais pas. Dans ma cellule, tout devint confus ; une bousculade, des cris, l'écho de mon nom de baptême, des pleurs, des insultes, des chocs sourds sur le sol, enfin un hurlement que j'essayai de couvrir en fredonnant « Je vous salue Marie » dans la langue de mon peuple.

Deux décennies après la défaite de Mbwila, le Kongo s'enfonçait toujours plus dans le chaos et l'anarchie. D'interminables guerres civiles déchiraient notre pays et ses habitants, annihilant l'esprit de cohésion qui avait fédéré notre royaume durant des siècles. Le désastre avait anéanti l'État central et provoqué l'émiettement de l'autorité ; le pays était passé de six provinces au XVIIe siècle à une vingtaine en ce début de XVIIIe. Trois roitelets, se réclamant de la descendance du défunt Mani Kongo, revendiquaient simultanément la souveraineté. Chacun était installé dans une région différente : un à São Salvador, un au mont Kibangu, au sud-ouest de l'ancienne capitale, et le plus puissant dans le Sud, à Mbula. La caste dirigeante, décapitée lors de la bataille dévastatrice, ne s'était pas reconstituée. À côté du trio de monarques sévissaient de petits chefs locaux qui se conduisaient en souverains absolus – des opportunistes avides de pouvoir dont l'influence oscillait au gré des alliances qu'ils concluaient et défaisaient avec leurs rivaux et les maîtres européens de Luanda.

Notre peuple, dont la fierté avait été de tracer des routes pour faciliter la circulation des biens et des personnes, d'ériger des palais pour célébrer la grandeur de ses rois et de perfectionner l'habitat des simples sujets au fil des siècles, avançait désormais à reculons, sans perspective de progrès. Livré au joug d'étrangers venus de loin, le pays se trouvait dans une situation critique, au bord de la déliquescence. Il n'existait plus d'institution locale capable de freiner ni de modérer les ambitions des Européens basés dans l'enclave de Luanda. Les Portugais se comportaient en vainqueurs arrogants et étendaient leur mainmise : de plus en plus de missionnaires s'implantaient sur le territoire, à tel point qu'un nombre croissant de Bakongos se convertissaient au catholicisme. Aux récalcitrants, les Lusitaniens affirmaient leur puissance en brandissant des menaces et en infligeant des humiliations. S'ajoutait aussi la crainte des razzias opérées quotidiennement par les marchands d'esclaves à la faveur de la nuit.

Apparurent alors un peu partout d'étranges individus, des mystiques, des prophètes autoproclamés, des prêcheurs en tous genres et de nombreux prédicateurs. De curieux personnages annonciateurs de catastrophes invectivaient ou sermonnaient quiconque manifestait sa peur. D'autres, se présentant comme des intermédiaires entre les humains et les esprits, se coiffaient de crânes d'animaux, s'habillaient de manière ostentatoire avec des peaux de bêtes sauvages auxquelles pendaient des griffes d'oiseaux de proie, des cordelettes de poils tressés ou des dents de fauve. Ils appelaient les populations à un retour aux traditions ancestrales pour sortir du malheur. Tous profitaient des angoisses liées à l'insécurité endémique et s'adressaient en particulier aux plus jeunes, aux plus malléables prêts à les suivre aveuglément : les orphelins de guerres et de rapts.

Parmi ces étranges figures, l'une se distinguait par son charisme et par la teneur de son discours : Appolonia Mafuta. L'accoucheuse avait quitté São Salvador et sillonnait le pays à pied, de village en village. Ses cheveux blancs, hirsutes, lui donnaient l'apparence d'une folle, d'un être possédé, mais elle avait su se faire accepter et respecter en proposant gratuitement ses talents de faiseuse d'anges dans un contexte où le nombre de viols commis par les soldats, par les bandits de grand chemin et par les maraudeurs s'était démultiplié. Aucune de ses patientes n'avait succombé à ses interventions, qu'elle accompagnait de chants et d'incantations, adressés à la fois au Dieu de la Bible et aux esprits des défunts. Sa générosité et son efficacité dans l'art d'interrompre les grossesses subies la rendaient précieuse, ce qui lui avait valu la reconnaissance des villageois. Si tous l'écoutaient attentivement, certains la prenaient pour une magicienne.

Lorsque la patiente était sauvée de la souillure et de l'opprobre public, Appolonia réclamait simplement, en guise de rémunération, l'attention de son entourage. Une fois la famille rassemblée, la prophétesse commençait par sortir de sa besace une pierre noire semblable à un visage humain supplicié. Devant son auditoire horrifié, elle expliquait qu'il s'agissait de la figure du Christ maltraité par les monstres venus d'ailleurs, de l'autre côté du vaste océan. Des entités malfaisantes, de prétendus chrétiens originaires d'Europe qui, avec la complicité de leurs alliés locaux, exploitaient le Kongo et mettaient sa population au supplice. Afin d'apporter du réconfort et une lueur d'espoir, la conteuse évoquait ensuite sa vision de la Vierge Marie. Oui, acquiesçait-elle en hochant la tête et en écarquillant les yeux, elle avait eu le privilège de la recevoir dans un rêve dix-huit ans plus tôt. Puis, les bras ouverts, cherchant à capter tous les regards de l'assemblée, elle martelait que la mère de Dieu était l'une des leurs. Et même si la Madone lui avait annoncé, inquiète, que le Seigneur menaçait de punir le royaume du Kongo, elle lui avait aussi promis que, pour être épargnés par la malédiction, il suffirait aux Bakongos d'accueillir le futur sauveur, qui prendrait les traits d'une jeune femme. Elle poursuivait en affirmant que celle-ci guiderait bientôt leur peuple, qu'elle était la voix de Dieu sur leur terre. Enfin, devant une assistance totalement séduite, Appolonia s'agenouillait et suppliait :

« Aidez-moi à retrouver cette enfant. Son père l'a envoyée on ne sait où avant de mourir d'un accident. Elle se nomme Kimpa Vita. Croyez-moi, je l'ai accompagnée de mes propres mains d'accoucheuse, du ventre de sa mère jusqu'à la lumière du jour ! »

Elle continuait dans un sanglot :

« Même si la petite a disparu depuis plusieurs années, elle n'est pas morte, j'en suis absolument certaine ! »

À cet instant, Appolonia marquait une pause, puis avouait :

« Elle vit encore. Je le sais parce que je l'ai moi-même initiée à l'épreuve de la Difficulté : notre sauveuse possède le don de ressusciter. »

Le nom de Kimpa Vita commença à se chuchoter dans tout le Kongo, comme un secret murmuré de bouche à oreille. En même temps grandissait la notoriété d'Appolonia Mafuta, tant et si bien que Hipolita-Maria de Kimpanzou, l'épouse de Nusamu a Mvemba, baptisé Pedro IV Afonso, roi de Kibangu, eut vent de ses exploits et, très intriguée par ses prophéties, envoya des émissaires la chercher afin qu'elle se présente à la cour de son époux.

En réponse à l'intransigeance de la direction, une vingtaine d'élèves du collège se soulevèrent pour me libérer. L'exaspération face au silence des missionnaires poussa les adolescents insurgés à prendre l'initiative : en l'absence du père recteur, ils forcèrent la porte de son bureau et cassèrent son coffre afin de récupérer la clé de ma cellule. Ensuite, ils rudoyèrent un prêtre qui tentait de les arrêter et l'obligèrent à les mener jusqu'à mon cachot en traversant le dédale sinistre des sous-sols de l'établissement. Mes conditions de détention, la puanteur qui polluait mes quartiers insalubres et obscurs ainsi que le spectacle que j'offrais, très affaiblie, méconnaissable et décharnée, les indignèrent. Leur courroux se mua en violence aveugle. Les yeux révulsés par la vengeance, ils s'acharnèrent sur l'ecclésiastique qu'ils avaient déjà malmené tandis qu'il implorait leur clémence au nom du Seigneur. Ils le massacrèrent à coups de pied et de poing, face contre terre, lui brisèrent le nez, fracturèrent la mâchoire et percèrent les poumons. Le malheureux perdit connaissance dans une mare de sang. Le Portugais succomba à ses blessures quelques jours plus tard. Ma libération à moi, Kimpa Vita, qui prônais la justice et la paix, advint par le meurtre.

Les révoltés m'emmenèrent loin des abords de Luanda, à l'intérieur du pays. Ils s'abritèrent dans la jungle, un environnement que connaissait bien João pour avoir passé toute son enfance au pied du mont Kibangu. Le jeune homme guida notre petite troupe vers des endroits escarpés de la forêt, très difficiles d'accès et qu'aucune armée ne pouvait atteindre sans être repérée. Nous nous installâmes non loin d'une rivière qui assurait notre approvisionnement en eau douce et en poissons. João prit les choses en main, organisa d'abord le ramassage de branches et de larges feuilles pour construire des cabanes. À la manière des chasseurs embusqués, il bâtit des huttes de petite taille qui se fondaient à merveille dans le paysage boisé et verdoyant. Cet habitat sommaire se révéla très efficace pour nous protéger des intempéries et des bêtes sauvages. Sa connaissance des baies, des fruits et des racines comestibles dont regorgeait le bois était illimitée. Ce fut aux plantes qu'offrait la nature que nous dûmes notre survie. Les rares fois où la pêche se révélait suffisamment abondante pour tous nous nourrir, João la faisait cuire en l'enroulant dans des fibres végétales de manière à éviter que la fumée ne s'échappe et ne trahisse notre présence. Il ne ménageait pas sa peine, transmettait volontiers son savoir à nos compagnons et réconfortait ceux qui souffraient de la précarité de notre situation. Grâce à ses attentions, notre évasion fut couronnée de succès. Nous étions enfin libres. Et si tous me considéraient comme leur guide spirituel, João fut notre sauveur.

Minutieux et à l'écoute de mon corps, mon ami s'arma de patience pour panser délicatement mes plaies avec des mixtures et des décoctions dont les anciens de son village lui avaient enseigné la préparation. J'étais sa protégée. Le jour, il chassait les mouches et les autres insectes qui m'importunaient et, avant la tombée de la nuit, enduisait chastement ma peau de la tête jusqu'aux orteils d'un onguent à base de jus de citron vert pour dissuader les moustiques de me harceler. Au début, je délirais souvent, m'exprimais au nom de saint Antoine de Padoue et remerciais mes fidèles de m'avoir bâti une case sans confort, qui seyait à merveille à ma quête du Seigneur.

Au fil de mon rétablissement, mon discours gagna en consistance. Les étincelles dans les yeux de mes auditeurs me donnaient de l'allant. Je leur expliquais que la servitude était contraire aux lois de Dieu et à nos traditions. La guerre perpétuelle devait elle aussi cesser et laisser place à une société d'entraide, à un havre de paix ouvert à nos sœurs et à nos frères pétrifiés par la peur.

Je les invitais à regarder autour d'eux, à apprécier la richesse de la nature luxuriante : la majesté des arbres centenaires, l'enchevêtrement des tiges de buissons dans le sous-bois, l'incroyable fourmillement de vie qui nous accueillait. Goûter au plaisir de vivre ici, sans hiérarchie, sans soumission, sans conflit, était un privilège. Un jour, nous rentrerions à São Salvador et rebâtirions notre ancienne capitale, qui deviendrait à nouveau le cœur palpitant de notre Kongo, l'épicentre de notre ferveur. Telle était la volonté de Dieu, en accord avec le souhait le plus cher de nos ancêtres défunts. Je rassemblais mes adeptes aux aurores afin que le bruit de mes envolées enflammées soit couvert par ceux de la jungle. La nuit, nous nous terrions en silence sous nos toits cachés dans les taillis, et je goûtais au délice de me fondre dans la magie de la Création, en harmonie parfaite avec le foisonnement chaotique du Grand Tout.

Chaque vendredi soir, une étrange torpeur m'envahissait et me poussait à me retirer seule dans le noir de ma cabane. Je m'assoupissais lentement, me métamorphosais parfois en écorce, brindille, insecte ou reptile ; je m'éparpillais aux quatre vents ou me figeais et me muais en minéral. Mon cerveau se peuplait d'images extraordinaires, et avec elles affluaient des paroles incohérentes, puis des énoncés plus clairs qui appelaient l'être singulier que mon saint protecteur et moi formions à faire preuve de patience, à se préparer. J'abandonnais mon enveloppe charnelle à la forêt, me mêlais à la terre, devenais le réceptacle de nouvelles vies et retournais dans le désert. Ainsi, je mourais chaque vendredi à la tombée du jour. Kimpa Vita emboîtait alors le pas à saint Antoine de Padoue en direction du ciel. Ils s'arrêtaient au milieu d'une étendue de sable balayée par des vagues successives de rayons de soleil au sommet desquelles Kimpa s'allongeait afin d'en apprécier la douceur et la chaleur. Là, elle ouvrait les bras et écoutait la voix grave et solennelle du Tout-Puissant, jusqu'aux aurores le dimanche matin.

Ces paroles venues de l'au-delà, je les transmettais à mes compagnons, elles étaient le ferment de mes longs monologues. Mes mots les encourageaient à imaginer le futur, leur donnaient l'assurance qu'ils étaient capables d'écrire leurs destins, à la manière de leurs ancêtres, jadis. Pas encore entrés dans l'âge adulte, les filles et les garçons qui se serraient à mes côtés se prenaient à rêver : ils n'étaient plus seulement ces anonymes sans volonté arrachés à leurs familles impuissantes par des Portugais avides de les transformer selon leur bon vouloir. Sous mes encouragements, ils apprenaient à devenir les artisans de leur avenir et de celui de tous les Bakongos. Pour eux, j'étais Dona Béatrice, l'audacieuse, celle qui ignorait la peur. Dans l'impasse où nous nous trouvions tous, j'incarnais l'espoir d'une société juste de Bakongos majestueux, indépendants et fiers de leur dignité restaurée. D'eux je faisais les fers de lance d'une révolution qui magnifierait le futur de notre peuple et l'emmènerait vers des lendemains radieux.

Ils me vouaient une adoration sans limite ; je remerciais leurs cœurs jeunes et ardents de m'écouter et rappelais que seul saint Antoine s'exprimait par ma bouche. C'était lui qui les émouvait parfois jusqu'aux larmes, les envoûtait – à travers l'étrangeté de mon regard, entre ombre et lumière – lorsque je leur promettais la fin prochaine des divisions incessantes et l'abolition du commerce qui transformait les humains en bêtes de somme.

Au cours d'un de mes voyages entre les mondes, la voix du Tout-Puissant m'annonça qu'il était temps d'agir et d'envoyer certains de mes disciples diffuser ma parole aux quatre coins du royaume. Je réunis mes amis, leur transmis l'injonction venue d'en haut et demandai à dix volontaires de prendre la route. Il ne s'agirait pas de convaincre les gens, conseillai-je, mais de s'inspirer de la sagesse des ancêtres et d'ouvrir le peuple à l'amour ; il le leur rendrait en retour et les suivrait jusqu'à Dieu.

Pour me plaire, João, le plus fervent d'entre tous, prêt à donner sa vie pour mes idées, fut le premier à se manifester avant même la fin de mon allocution. D'autres se proposèrent spontanément. Cette mission qu'ils acceptaient, ils voulaient l'accomplir au service de ce qu'ils chérissaient désormais plus que tout au monde : leur vie. J'accueillis la décision de João avec un déchirement au cœur, mais ne laissai rien paraître de ma tristesse de le perdre, peut-être pour toujours. Neuf seulement purent s'en aller sur les chemins pour diffuser ma parole et annoncer l'avènement du renouveau. Les autres restèrent auprès de moi dans l'attente de prochains signes. Mes émissaires avaient toutefois pour consigne d'éviter Luanda et ses alentours, car, même si le père recteur avait tout entrepris pour étouffer l'affaire de la révolte des étudiants, la gravité des événements leur vaudrait d'être rapportés tôt ou tard aux autorités civiles et militaires.

Le secret finit, en effet, par quitter les murs du collège et provoqua d'abord la stupéfaction, puis un scandale éclata parmi les hauts dignitaires de l'archevêché de Lisbonne. Une enquête avait été menée, les ecclésiastiques et les élèves longuement interrogés par des responsables de l'Église. Des malversations avaient été révélées : des viols, d'autres sérieux manquements à la discipline et d'impardonnables écarts au regard de la morale chrétienne qui risquaient d'entacher l'influence portugaise sur les autochtones. Pourtant, il fut simplement décidé de muter le père recteur ainsi qu'une bonne partie des professeurs, de les exfiltrer discrètement vers les lointaines provinces du Brésil. Quant à ceux qui avaient osé braver la couronne portugaise, et de surcroît assassiner un serviteur de la sainte Église, une récompense fut promise à quiconque les capturerait morts ou vifs. Les subversifs seraient châtiés coûte que coûte : nul ne devait se figurer que le meurtre d'un Européen puisse rester impuni.

Une cinquantaine de cavaliers portugais armés de sabres et de mousquetons quittèrent leur fort pour battre la campagne. Leur mission consistait à traquer et à éliminer les fugitifs jusqu'au dernier, à l'exception de la meneuse, Dona Béatrice, qu'ils devaient livrer vivante aux autorités de Luanda. Son cas ferait l'objet d'un procès exemplaire.

Appolonia Mafuta se présenta à la cour de Pedro IV au début de l'année 1703. La salle d'audience du palais de Kibangu était pleine à craquer, mais, comme l'invitée n'appartenait pas à l'aristocratie, aucune cérémonie n'avait été organisée pour l'accueillir. Seuls des chandeliers muraux directement importés de Lisbonne éclairaient les parois ornées de cuir de zèbre et d'okapi. Le couple royal s'installa sur une estrade tapissée de peaux de léopard, s'assit dans des fauteuils en bois d'ébène sculpté, derrière lesquels se croisaient deux immenses défenses d'éléphant finement taillées et incrustées de pierres précieuses. Le roi s'impatientait, il regrettait d'avoir cédé au caprice de sa femme qui tenait à ce qu'il entende le discours d'une vieille écervelée, d'une simple sorcière crainte par les paysans ignorants. Il avait un royaume à administrer, des concubines à gérer, une guerre civile à gagner, et elle trouvait le moyen de lui faire perdre son temps. Tout cela, il le ruminait, mais n'osait pas le lui dire : la reine Hipolita-Maria avait du caractère, était dure en affaires et très habile en politique. Son mari l'aimait autant qu'il la redoutait.

Dès le début de leur mariage, le roi avait compris que les talents de négociatrice de la souveraine, sa détermination et son goût du pouvoir faisaient d'elle l'alliée idéale pour réaliser son rêve le plus cher : devenir l'unique roi du Kongo et régner sur un vaste empire. En retour, son épouse avait pour ambition de s'élever au rang de première dame d'un royaume catholique reconnu par le pape, au même titre que les reines européennes. Alors, pensait Pedro IV, supporter quelques instants les élucubrations d'une gueuse pour contenter Hipolita-Maria était un prix bien mince à payer pour la paix de son couple. Il avait consenti à la requête de sa femme en l'absence du très zélé père Bernardo da Galla, le chef de la mission italienne qui avait construit une église et une école à Kibangu. L'Italien, originaire de Campanie, la région de Naples, veillait scrupuleusement aux âmes des autochtones de la province et servait surtout d'intermédiaire entre la cour de Pedro IV et les Portugais de Luanda. C'était un quinquagénaire court sur pattes, le cheveu rare, bedonnant depuis qu'il coulait des jours tranquilles dans cette province du Kongo où le soleil avait tanné la peau mate de son visage recouvert d'une barbe blanche et fournie. Malgré son aspect assez insignifiant, le prêtre n'était pas un homme à contrarier. Mieux valait lui éviter toute confrontation avec un être qu'il aurait qualifié de « faiseuse d'anges », d'« enchanteresse », d'« engeance diabolique sortie d'obscures croyances ancestrales ».

De son côté, Hipolita-Maria était contrariée : elle avait insisté pour que la prophétesse soit reçue avec les honneurs, car le peuple aimait et écoutait la vieille folle. En l'accueillant avec un peu d'égards, son mari aurait satisfait ses sujets et se serait garanti leur soutien. Il était resté ferme, avait accepté le principe de sa venue mais interdit toute cérémonie pour une personne qui n'avait ni nom, ni richesse, ni titre particulier.

Pedro IV fut stupéfait de voir une sexagénaire aux cheveux fous avancer péniblement vers son trône. Il hésita : devait-il lâcher un rire tonitruant ou laisser éclater sa colère ? Dans le doute, il se tourna vers Chibenga, son conseiller et chef d'état-major, un officier supérieur large d'épaules et de très haute taille qui se tenait debout près de lui. Le général issu de l'aristocratie bakongo et formé à l'académie militaire de Porto acquiesça et, d'un discret signe de la main, rassura son roi. Percevant l'agacement de son époux, Hipolita se leva pour recevoir son invitée.

Appolonia était habituée à des demeures très simples, des huttes ou des abris de fortune aux abords des routes terreuses du pays. Elle se retrouvait parmi les membres de l'élite et, pour la première fois, eut le loisir de contempler le luxe. Fort impressionnée par les parures qui l'éblouissaient, elle ne pouvait s'empêcher d'admirer les ornements sur les murs, les bijoux et les riches étoffes que portaient les souverains, mais aussi les uniformes des officiers, jusqu'aux costumes en velours rouge vif revêtus par les jeunes esclaves qui éventaient Son Altesse à l'aide de plumes d'autruche. Comme l'imposait la coutume, Appolonia s'allongea sur le sol, ventre à terre, tête baissée, et feignit de se recouvrir le corps de poussière pour honorer son roi. Puis la reine lui demanda de se redresser et de répéter à son maître ce qu'elle professait partout dans le pays. L'ancienne accoucheuse prit peur, elle hésitait à s'exprimer : ce qu'elle avait à dire n'était peut-être pas du goût de Pedro IV. Elle risquait sa vie. Hipolita la fusilla du regard en montrant des signes d'impatience, le roi s'en amusa et échangea un sourire complice avec Chibenga. Tous les yeux se tournèrent vers Appolonia Mafuta, qui cherchait ses mots. Alors, elle s'éclaircit la gorge, garda la tête baissée, rassembla son courage et expliqua :

« Sire, je suis bonne chrétienne, c'est pourquoi la Vierge Marie m'est apparue à plusieurs reprises. »

Une clameur s'éleva de la salle, suivie de rumeurs et de chuchotements que le monarque fit cesser en frappant le sol de son sceptre d'ivoire. Elle poursuivit en se redressant :

« À sa dernière apparition, la Madone, instruite par son fils Jésus-Christ, m'a demandé de faire part à Sa Majesté Pedro IV de l'indignation du Seigneur à votre encontre, mon roi… Le Tout-Puissant vous reproche d'avoir laissé São Salvador à l'abandon alors que vous aviez réussi à la conquérir. Malheureusement, continua-t-elle, un frisson d'effroi dans la voix, pardonnez-moi, Majesté, mais je dois vous annoncer l'avènement de châtiments dans le mont Kibangu et dans l'ensemble du pays si la ville reste en ruine et ne devient pas la capitale du royaume réunifié. »

Appolonia s'abstint d'avouer qu'elle avait vu le feu céleste anéantir les champs, décimer le bétail, détruire les maisons et les palais, exterminer les enfants, les hommes, les femmes. Elle ajouta :

« Sire, il est absolument urgent de descendre du mont Kibangu avec votre armée et de rétablir São Salvador. »

La sexagénaire se tut et se mit à prier en silence, les mains tremblantes.

Pedro IV avait effectivement défait l'armée de São Salvador mais renoncé à annexer la ville. Chibenga lui avait conseillé de rapatrier leurs soldats et de concentrer les forces qui leur restaient à Kibangu. Le général craignait que l'autre prétendant au trône, le puissant Nzuzi A Ntamba, baptisé João II Manuel, ne profite de la faiblesse passagère de leurs troupes pour lancer une offensive.

Le roi réfléchissait ; son peuple voulait croire en la prophétie de cette Appolonia, d'ailleurs tous étaient nostalgiques des temps anciens. Or réinvestir São Salvador représenterait un acte symbolique de grande importance, une étape déterminante pour être couronné. Mais les prédications étaient une chose, la réalité militaire en était une autre… La voyante reprit la parole et le sortit de ses pensées. Elle éclaircit sa voix lézardée par l'émotion, s'agenouilla et leva les yeux au plafond.

« J'ai aussi pour mission de vous annoncer que le ciel a envoyé un sauveur, une demoiselle, une vierge. Une fois le pays réunifié, elle seule désignera le futur et unique roi : le prochain Mani Kongo. De sa bénédiction dépendra aussi la victoire de votre armée, roi Pedro IV. Tous devront lui obéir. Le Tout-Puissant lui-même s'exprimera par sa bouche ! »

Appolonia précisa que la jeune femme existait bel et bien, qu'elle l'avait connue dans le passé pour avoir assisté à sa naissance et participé à son éducation. Elle livra ainsi son nom : Kimpa Vita. L'enfant avait aujourd'hui environ dix-huit ans et se trouvait quelque part dans le royaume, mais elle ignorait où. Des recherches devaient être entreprises pour la localiser rapidement, car le destin du pays reposait entre ses mains.

La stupeur se propagea dans l'assemblée : jamais personne n'avait osé faire preuve d'autant d'insolence envers le monarque. Une vieille paysanne prétendait lui dicter sa conduite alors qu'il entendait régner sur un empire. Lui, le redoutable chef de guerre qui n'avait jamais connu la défaite et se vantait d'avoir assassiné une vingtaine d'ennemis à mains nues, devait s'en remettre à une gamine pour assurer sa victoire… Une histoire de fous. Mais, après l'étonnement, des cris de joie et des applaudissements résonnèrent, la foule scandait le nom du sauveur : Kimpa Vita. Hipolita toisa son époux d'un sourire en coin. C'en était trop pour Pedro IV. En colère, il s'appuya sur les accoudoirs de son fauteuil pour se lever et faire cesser cette mascarade, mais le général Chibenga le retint en chuchotant à son oreille :

« Attendez, seigneur. Cette va-nu-pieds qui raconte des sottises peut vous permettre de consolider le soutien de vos sujets pour les temps à venir. Il n'en faut pas davantage pour asseoir votre popularité. N'allez pas vous mettre le peuple à dos, ce sont des simples d'esprit qui ont besoin de rêver. Je requiers votre autorisation d'envoyer nos meilleurs éclaireurs retrouver l'adolescente, elle pourra vous être utile. »

Pedro IV obtempéra : il avait une confiance totale en son commandant en chef. Le souverain salua la foule, saisit son épouse par la taille et sourit ; les acclamations redoublèrent d'intensité. Hipolita, dans une révérence, savoura une preuve supplémentaire de son influence sur les décisions de son mari.

Pendant qu'Appolonia était reçue par Pedro IV, Bernardo da Galla rendait compte aux autorités religieuses de Luanda de l'état de l'évangélisation des populations autochtones dans la région de Kibangu. En aparté, le commandement militaire lui rapporta l'épisode tragique du soulèvement des étudiants au collège quelques mois plus tôt. Certains éléments subversifs isolés avaient été appréhendés et exécutés, mais la majorité d'entre eux se trouvait toujours en fuite. Il y avait à leur tête une adolescente très intelligente, cultivée, suffisamment charismatique pour les diriger et créer de sérieux troubles à l'ordre public. Au prêtre, il fut demandé de faire preuve de la plus grande vigilance et de se servir de son aura parmi les indigènes pour récolter des informations susceptibles de conduire à l'arrestation de celle qui avait provoqué la mort d'un professeur et de sa bande de criminels.

Sur les routes de campagne qu'il emprunta pour regagner le mont Kibangu, l'Italien fut surpris d'entendre d'étranges témoignages qui relataient l'existence d'une mystérieuse jeune femme sur le point de réunifier le royaume du Kongo. Des paysans parlaient d'une certaine Dona Béatrice, d'autres vantaient les exploits, voire les miracles, d'une dénommée Kimpa Vita. Il fallut quelque temps au père Bernardo pour comprendre qu'il s'agissait sans doute d'une seule et même personne, probablement l'instigatrice de la fronde meurtrière recherchée par l'armée portugaise. Ce qui intriguait le plus l'ecclésiastique, c'était que, si nul ne l'avait rencontrée, tous l'évoquaient avec une réelle fascination. On racontait aussi que des adolescents du pays éduqués par les Portugais battaient la campagne, non pas pour critiquer la religion, mais pour en donner des interprétations extravagantes, à la limite du blasphème ou de l'hérésie.

Le missionnaire commençait à s'inquiéter. À la fin de ses entretiens à Luanda, il avait pourtant estimé que l'alarme des militaires était exagérée. Le père Bernardo avait tenté de minimiser le problème et s'était efforcé de rassurer les officiers. Cantonnés dans leur enclave, les soldats venus d'Europe ignoraient tout des mœurs des Africains de ce pays, avait-il répondu sur un ton paternaliste à un jeune capitaine fraîchement arrivé de Porto. Bernardo da Galla officiait parmi les sauvages ignorants depuis près d'une décennie et s'était convaincu de bien les connaître. Il les savait friands de superstitions. Plus les histoires étaient délirantes, plus elles les intéressaient. Que les Portugais se tranquillisent, avait-il fini par expliquer à son interlocuteur, dans leur nature profonde, ces êtres longtemps oubliés de Dieu se révélaient certes impulsifs et versatiles, mais surtout naïfs et dociles. Toute cette agitation n'était rien de plus qu'un soubresaut passager dont les hommes de ces contrées partiellement indomptées étaient coutumiers.

Arrivé au pied du mont Kibangu, le prêtre regretta d'avoir traité ces avertissements avec légèreté, d'autant que le nombre d'anecdotes rapportant les exploits de la mystérieuse Kimpa Vita prenait des proportions préoccupantes. Bernardo da Galla dut d'ailleurs intervenir à plusieurs reprises pour ramener des Bakongos fraîchement convertis dans le droit chemin. Les villageois brûlaient des objets fétiches et ne s'adonnaient plus qu'au culte de Dona Béatrice à la demande des adorateurs, véritables apôtres de l'énigmatique jeune femme. Le prêtre, qui perdait patience, leur conseilla de se repentir sur-le-champ et multiplia les confessions forcées.

Une fois à destination, il alla se présenter directement à Pedro IV sans s'être annoncé et trouva le couple royal discutant à voix basse avec une vieille folle aux cheveux hirsutes. Le prêtre se racla la gorge pour avertir de sa présence ; les deux femmes et l'homme réunis en conciliabule autour du trône se tournèrent vers lui, sursautèrent et interrompirent leur conversation. À la vue de Bernardo da Galla, Appolonia, terrifiée, s'éclipsa par une porte dérobée, sans même le saluer. Le roi se ressaisit et se leva pour accueillir l'Italien, avant de prononcer avec un sourire crispé les formules d'usage, auxquelles le missionnaire, soucieux du protocole, se dépêcha de répondre malgré son empressement à connaître l'identité de celle qu'il avait fait fuir. Il craignait le pire. Après tous les discours insolites qu'il avait entendus et dû contredire ou réprimer sur son chemin depuis Luanda, le prêtre était conscient que des idées hostiles aux Européens et à la religion catholique circulaient dangereusement dans le pays ; mais jamais il n'aurait imaginé qu'en son absence ce qu'il appelait désormais l'« œuvre de Satan » ait pu sournoisement s'immiscer jusqu'à l'intérieur du palais de Pedro IV. Or la fuyarde avait les caractéristiques de celles que les autochtones qualifiaient de « sorcières », de « médiums » ou de « guérisseuses ». Ces manipulatrices représentaient la pire menace pour le christianisme, car elles bénéficiaient d'une aura à laquelle la plupart des Bakongos crédules se montraient très sensibles. À maintes reprises il avait mis le monarque en garde, arguant qu'un bon catholique devait irrémédiablement s'éloigner de la superstition et participer à l'éradiquer, par la force s'il le fallait. À l'encontre de celles et ceux qui se réclamaient de l'idolâtrie, la Bible ordonnait d'ailleurs qu'ils soient purifiés par le feu.

Consterné, le Napolitain voyait son long et laborieux travail de christianisation menacé par la résurgence d'obscures croyances, alors qu'il pensait avoir gagné la confiance de ses ouailles africaines à force de patience et de compréhension, en vantant à tous l'immensité de la bonté de Dieu et les vertus de la *vraie* religion, seule capable d'adoucir la rudesse de leurs vies. Surtout, ses supérieurs au Saint-Siège le félicitaient pour l'efficacité de ses méthodes d'évangélisation d'avant-garde. Après un long et difficile apprentissage du kikongo, la langue des Bakongos, lors d'un premier voyage dans le royaume, il avait réussi à gagner l'estime des habitants ; certains même le vénéraient. Cette mission était la deuxième qu'il effectuait au Kongo et, alors qu'elle avait très bien commencé, il ne comptait pas laisser les inventions païennes compromettre son travail. Une fois la barrière linguistique dépassée, l'Italien s'était imprégné de l'univers spirituel du pays et avait pu non seulement développer des arguments pour le déconstruire, mais aussi proposer sa vision de l'au-delà en prenant garde de ne pas heurter frontalement les croyances très élaborées des populations qu'il voulait mener vers le Dieu des chrétiens. Pour obtenir des conversions, sa stratégie avait consisté à orchestrer une sorte de juxtaposition de la spiritualité ancestrale des Bakongos avec les principes et les rites du catholicisme. Selon l'idée qu'il était préférable de convaincre plutôt que de soumettre, il avait aussi créé une école pour inculquer le christianisme aux enfants dès leur plus jeune âge.

Dans le contexte de guerre civile qui gangrenait le Kongo et avait instauré un climat de grande défiance entre les puissants, le missionnaire s'était posé en intermédiaire incontournable entre Pedro IV, son armée et les Portugais de l'enclave de Luanda. En fin diplomate, l'Italien œuvrait à en faire des alliés de circonstance ; ils avaient signé un pacte de non-agression comprenant jusqu'à des clauses d'entraide militaire en cas de conflit majeur. En contrepartie, les autorités de Luanda veillaient à ce que le commerce d'êtres humains sur le territoire de Kibangu soit essentiellement réservé à des membres de la cour, mandatés par la famille royale. La régulation du trafic d'esclaves avait permis à Bernardo da Galla d'exercer un contrôle sur le choix des condamnés à la déportation. De cette manière, il était parvenu à garantir leur liberté aux Bakongos convertis au christianisme. Grâce à lui, ils échappaient aux rafles, qui ne ciblaient plus que les mécréants. Les méthodes du prêtre avaient été jusque-là couronnées de succès : de plus en plus de croyants se rendaient le dimanche à la messe. Le missionnaire s'était élevé au rang de notable de la région, d'homme respecté autant que craint qui avait ses entrées au palais du roi et détenait un pouvoir sur le devenir de familles entières. Or tout semblait mis en péril par les agissements d'une vulgaire ensorceleuse.

À la question de savoir qui était l'interlocutrice du couple royal, le roi resta évasif et invita le père à lui faire un compte rendu détaillé de ses entretiens avec leurs amis portugais. Toujours enclin à ne pas régler les problèmes de manière directe, le père Bernardo eut des propos laconiques qui traduisaient son mécontentement sans pour autant froisser le souverain. Avant de se retirer, il tint à informer brièvement Pedro IV d'une importante affaire en cours :

« Sire, j'oubliais : les autorités de Luanda se sont montrées fortement contrariées par l'existence d'une bande de dangereux criminels menée par une jeune femme… Il se dit de ces hérétiques qu'ils fomentent un complot, un soulèvement général au Kongo contre l'Église et vos alliés portugais. Ils comptent sur votre soutien pour les neutraliser. »

Le roi feignit l'étonnement, mais promit de rester vigilant, puis il raccompagna le prêtre, à qui il suggéra de se reposer après un si long voyage. Sur la route qui le menait à l'église dont il avait lui-même planifié la construction, le père, soucieux, cherchait à comprendre le lien qui pouvait exister entre les mutins de Luanda, leur meneuse et l'illuminée qui murmurait aux oreilles du roi et de la reine. Le prêtre, qui portait la bonne parole en Afrique depuis des années, se sentait pour la première fois étranger. Un berger incapable de garder ses brebis.

Pendant ce temps-là, Pedro IV annonça à Appolonia la découverte par ses éclaireurs du repaire de Kimpa Vita. L'accoucheuse avait pour mission de l'amener saine et sauve jusqu'au palais de Kibangu sous escorte du général Chibenga et d'une vingtaine de ses meilleurs hommes.

Deux colonnes de soldats bakongos avançaient au pas des deux côtés de la piste de terre rouge. Elles formaient de solides lignes de défense devant lesquelles l'imposante silhouette de Chibenga ouvrait la route. Malgré la joie de me retrouver, Appolonia Mafuta s'était interdit de dévoiler ses sentiments devant mes disciples et tous ceux qui l'accompagnaient : elle s'était placée en retrait, tandis que moi, jeune femme de dix-huit ans d'un peu plus d'un mètre soixante, je la suivais sagement. Je portais un couvre-chef en raphia blanc cassé agrémenté de croix et de motifs géométriques qui marquaient mon appartenance à la noblesse chrétienne du royaume du Kongo. Appolonia me l'avait offert pour fêter nos retrouvailles.

Sur le chemin, j'étais impressionnée, mais surtout fière de cheminer aux côtés de ces militaires aux regards droits chargés de me protéger des cavaliers portugais lancés à ma recherche dans tout le pays.

Avec leurs tuniques en peau de léopard, leurs épées accrochées à la ceinture et leurs longues sagaies, ils ressemblaient aux guerriers des temps anciens que me décrivait Ma Louisa. Je les trouvais forts, disciplinés et vaillants ; ils étaient de la trempe de ceux qui avaient donné leurs vies pour le Kongo à Mbwila. Après une longue journée de marche et une nuit de repos dans une clairière, nous avions quitté la forêt un peu avant les premières lueurs du jour et progressions désormais parmi les hautes herbes vertes et brunes de la savane parsemée de perles de rosée. Le général pointa son index vers l'horizon : les hauteurs de Kibangu se laissaient deviner. Aucun de nous ne parlait. Je devais régulièrement ralentir le pas pour ne pas rattraper la prophétesse qui peinait pourtant à maintenir le rythme, mais elle était mon aînée, et à ce titre elle avait le privilège de me précéder. Le soleil éclairait déjà la campagne d'un voile doré lorsque nous nous engageâmes sur un sentier qui menait à la ville en serpentant entre les champs. À la pénombre de la forêt, à laquelle je m'étais habituée, succéda un paysage sans limites sous un ciel bleu et dégagé.

Appolonia me permit de m'arrêter un instant. Je plissai quelques secondes mes yeux éblouis par l'intensité de l'astre proche du zénith. J'étais de retour dans le monde. Nous poursuivîmes. Sur la route dépeuplée, j'admirais le panorama qui se dévoilait à mon regard. Enfin, je retrouvais le Kongo. Mais plus nous nous approchions du palais de Pedro IV, plus nous croisions de badauds arrêtés de part et d'autre du chemin. Alors, Appolonia se retourna et m'avertit à voix basse :

« Évite de les regarder, Kimpa. Ne salue pas les paysans avant d'avoir fait la révérence au roi et à la reine ! »

Tous se taisaient sur notre passage. Même si personne n'osait nous acclamer, je lisais de la fascination et de la bienveillance sur les visages de ceux qui nous contemplaient. Certains commencèrent à murmurer, puis d'autres les rejoignirent ; les chuchotements s'amplifièrent. Quelques-uns, intrigués par mes yeux de lune, esquissèrent un mouvement de recul. Une forte chaleur embrasa chaque recoin de ma peau, un flux d'une force telle qu'il m'étourdit. La course du sang s'accélérait dans mon corps. Les mains moites, les yeux révulsés, je percevais néanmoins la puissance de l'enthousiasme des hommes et des femmes qui s'agglutinaient autour de nous, toujours plus près des gardes qui peinaient à maintenir la régularité de leurs pas. J'étais si réceptive à l'allant des curieux qu'un vertige me fit chanceler. Une fièvre subite m'assaillit, puis se diffusa dans l'attroupement. Mon esprit me quitta, laissant place à Kimpa Vita.

Elle ouvrit les bras en contemplant son peuple avec un regard aussi doux qu'un clair de lune. Une clameur s'éleva de la foule. Le cortège, ordonné jusque-là, prit des airs de défilé chaotique. L'émulation portée par tous gagna les hommes de Chibenga. L'officier lui-même oublia sa mission et observa la jeune femme avec un air empreint de surprise et d'admiration. La ligne des soldats se défit. Kimpa Vita absorbait la ferveur des cœurs battants ; elle se nourrissait de l'ardeur des Bakongos venus l'accueillir. Elle était l'élue qui rayonnait au centre de la cohue. La nouvelle de son arrivée s'était répandue dans les endroits les plus reculés de la région, des familles entières avaient quitté leurs campagnes pour assister à l'événement. On eût dit que l'ensemble de la population de Kibangu s'était réuni pour la recevoir. Une étonnante procession se forma et déambula jusqu'à la porte du palais.

Le général s'était ressaisi et tentait maintenant de calmer les esprits. Seules Appolonia et Kimpa Vita étaient habilitées à pénétrer dans la salle d'audience. Si l'allée centrale était à peine dégagée, la pièce, quant à elle, était pleine à craquer. Au fond siégeait le couple royal en costume d'apparat. Les servantes de Hipolita-Maria avaient passé des heures à élever sur sa tête une coiffure très haute, ornée de perles et d'un ruban de soie venu de l'étranger. Les époux portaient des bagues incrustées de pierres précieuses et des bracelets en or. Pedro IV avait même revêtu des bottes de cuir sans doute importées d'Europe. Les peaux de bêtes suspendues aux murs avaient été rafraîchies ; la lueur des chandeliers leur donnait l'élégance du satin et la douceur du lin.

Kimpa Vita entra la tête légèrement penchée. Dès qu'elle posa un orteil sur le tapis rouge, cousu de franges de velours jaune et déroulé jusqu'au trône, elle eut des picotements au bout des doigts, son corps s'amollit sous l'effet d'un engourdissement et la poussa à se hisser sur la pointe des pieds. Elle fut propulsée vers l'avant, dépassa Appolonia, puis Chibenga, et se dirigea droit vers le roi d'un pas agile et lent, dans le silence le plus complet. La rumeur se confirmait : celle dont les noms se murmuraient depuis des semaines était bel et bien ici ; elle existait vraiment. Kimpa Vita ou Dona Béatrice, qu'importe, tous reconnurent sans équivoque en elle la personne dont les émissaires avaient parlé, souvent au péril de leur vie. Malgré son allure gracile et discrète, sa fuite dans la jungle l'avait métamorphosée en une femme élégante au visage affirmé, au port de tête noble et digne. Ses pupilles de lune avaient conservé leur légère mélancolie, la lumière blanche qui y brûlait s'était intensifiée et donnait parfois à ses iris un éclat de braise encore plus appuyé. Pedro IV fronça les sourcils lorsqu'il croisa son regard. Hipolita écarquilla les yeux, puis se cramponna à son trône et releva le menton afin de retrouver l'attitude qui seyait à son rang. Un bourdonnement monta de l'assistance. Certains spectateurs reculèrent d'un pas. En quelques secondes, la jeune femme avait conquis la totalité de son auditoire. Elle s'avançait avec tant de souplesse qu'elle paraissait léviter au-dessus du sol. Sa taille marquée arrondissait la ligne de ses hanches sous des épaules assez étroites, tandis que sa tête plantée sur son long cou se balançait élégamment de haut en bas, comme pour saluer l'assemblée à chacun de ses mouvements. Dans un moment aussi crucial, saint Antoine l'assistait et, avec son soutien, la grâce dont elle était comblée troublait l'assistance :

le peuple de Kibangu était captivé par cet être d'essence immortelle. On détaillait son front légèrement bombé ainsi que ses pommettes hautes sous des yeux en amande, où scintillait la flamme aveuglante des premières lueurs de l'aube. Son visage brillait d'un éclat à la fois délicieux et inquiétant.

Le général Chibenga, à droite du roi, était tombé sous son charme, envoûté, comme toutes celles et tous ceux qui se trouvaient rassemblés autour d'elle. Il la scruta attentivement alors qu'elle s'approchait de Pedro IV. Sans préambule, sans formule de politesse, et surtout sans se prosterner, Kimpa Vita se posta face aux époux royaux et se présenta comme celle qui avait ressuscité la veille, après son voyage dans le désert céleste. Elle s'y était abreuvée des messages de l'au-delà durant un jour et deux nuits. Ensuite, elle s'adressa à Pedro IV pour l'informer qu'il était temps de se défendre, de montrer les dents à l'oppresseur venu d'Europe. Elle le sommait de cesser les querelles intestines entre seigneurs bakongos. Par la volonté du Tout-Puissant, elle seule, Kimpa Vita, possédait la légitimité d'introniser le Mani Kongo. Sa voix résonna dans la salle lorsqu'elle ordonna au souverain de tout entreprendre pour restaurer São Salvador, car le temps pressait. Puis elle se mit à rire, tant et si bien que son corps bascula en arrière. Les défunts l'avaient envoyée chez les Portugais afin qu'elle comprenne leurs supercheries et emmène le peuple vers la lumière. Saint Antoine habitait désormais son âme pour l'éternité, depuis qu'il l'avait sauvée. La prophétie du saint homme lui avait livré un message clair :

« Le royaume assurera bientôt la prospérité de chacun et la paix entre tous : l'heure de la réunification du Kongo a sonné ! »

Kimpa Vita insistait, s'énervait, tapait du pied, pour que tous se souviennent des époques précédant l'arrivée des Portugais, quand la population du Kongo était gouvernée par le roi qu'elle s'était choisi, garant de l'ordre et de la loi devant Dieu, sous la vigilance des ancêtres défunts. Ils avaient eu raison d'accepter le christianisme sans renier leurs croyances, à son image, à la fois Dona Béatrice et Kimpa Vita : bien que fervente chrétienne, elle avait pour premier devoir de perpétuer le souvenir des morts. Son frère, saint Antoine, le lui avait enseigné.

Elle entendait un souffle, le sien, porter des mots qui échappaient à son contrôle, hacher des paroles et marteler des phrases dans un rythme entraînant. Appolonia reprit une de ses expressions :

« Perpétuons le souvenir des morts ! »

Une autre femme l'imita, une deuxième suivit. Les hommes aussi reprirent en cadence les passages les plus importants de son prêche, puis tous appuyèrent de leurs clameurs les bonnes nouvelles qui glissaient de ses lèvres et l'annonce d'un renouveau prochain. Soudain, Kimpa Vita fit volte-face pour haranguer la foule qui répétait si fort après elle que les sujets restés à l'extérieur reprirent ses propos en un refrain. Un chœur fier et puissant s'éleva des poitrines :

« Kimpa Vita, Kimpa Vita… »

Des frappes de tambour et des percussions au loin s'invitèrent dans la symphonie qu'elle avait initiée. Les mélodies couvraient les tintements de cloche que le père Bernardo da Galla s'échinait désespérément à faire sonner depuis son église, alors que, sans se retourner ni saluer le couple royal, et entourée par ses admirateurs, Kimpa Vita quittait le palais. Les chants célébraient la sainte du Kongo, à n'en pas douter l'une des leurs, généreuse et tolérante. Tous prieraient pour elle car, ils en étaient certains, elle ferait des miracles et rétablirait l'harmonie et la paix. Ici et maintenant.

Durant la soirée, quelques-uns osèrent convoquer des défunts. Exaltés par les rythmes, ils entrèrent en transe, les yeux révulsés, les corps désinhibés. Depuis trop longtemps les Portugais s'étaient employés à critiquer, à rabaisser et à complexer les Bakongos. En quelques phrases, après des décennies de souffrance, de rancœur, de frustration et de peur, Kimpa Vita avait réussi à leur redonner confiance en eux et à révéler leur authenticité. Pour les heures qui suivirent, et peut-être davantage, Dona Béatrice les avait libérés de l'angoisse d'être sanctionnés par le prêtre à cause de leurs adorations païennes, condamnés à la déportation ou punis par les soldats de leur souverain.

Chibenga hésita un instant à rejoindre la liesse, mais décida de rester près du somptueux fauteuil de son chef. Le général se pencha pour glisser un mot à l'oreille du roi, mais se tut lorsque, transi, Pedro IV lui adressa, pour seule réponse, un geste sec et autoritaire de la main afin de le faire taire. Le couple royal resta ébahi un long moment sans savoir expliquer ce qui venait de se passer. Le souffle coupé et le visage écarlate, le prêtre italien pénétra dans la salle en claquant la porte derrière lui.

Une fois le palais déserté, raide sur son trône, le regard dans le vide, figé dans une expression d'abattement, Pedro IV se tourna brièvement vers Chibenga, puis vers son épouse, et les congédia tous les deux. Il fixa ensuite Bernardo da Galla qui, en s'approchant, croisa les yeux perçants du souverain et ralentit le pas. L'homme était suffisamment affecté, pensa l'ecclésiastique : pour le sortir de la sidération, il allait devoir faire preuve de diplomatie. Face à lui, il trouvait un seigneur de guerre avachi, un monarque dont tous les sujets venaient d'être détournés par une gamine à peine entrée dans l'âge adulte. Il avait perdu une bataille, avait été blessé par une arme dont il ignorait l'existence et l'efficacité : l'espoir d'un avenir radieux, un rêve sans vainqueur ni vaincu.

L'Italien se prosterna pour la première fois au pied du trône et s'allongea face contre terre. Pedro IV s'adoucit, invita son ami à se relever et, avant de lui demander son avis, lui expliqua d'une voix timide :

« Elle tient des propos incohérents pour épater les paysans, aucune raison de s'alarmer. »

Puis il se pencha vers Bernardo da Galla et lui souffla :

« Les gens l'ont adorée, et elle est protégée par la vieille sorcière que mon épouse a prise sous son aile… La reine s'en remet aux conseils de cette folle pour des questions qui ne concernent que les femmes, vous comprenez ? »

Le prêtre hocha la tête en lissant sa longue barbe. Pedro IV lui demanda de s'approcher plus avant, au point que ses lèvres collaient presque aux favoris immaculés de l'homme d'Église, et murmura :

« Restons sur nos gardes, on leur prête des miracles. On dit que, sur le passage d'Appolonia et de Kimpa Vita, parfois des arbres courbés se redressent comme si la nature voulait les saluer. Des femmes décédées en couches et des mort-nés ont ressuscité après les prières de la vieille. Croyez-moi, elle est possédée. Il paraît que la petite a le pouvoir de se rendre invisible, c'est ainsi qu'elle a échappé aux cavaliers portugais ! L'enfer seul connaît la force des sortilèges dont elles peuvent frapper mon royaume, mes enfants, ma femme ou ma propre personne. Attendons avant d'agir. »

Il en conclut qu'aucune mesure ne serait prise pour l'instant contre Kimpa Vita : sa stratégie consistait à gagner du temps. Compte tenu de l'état mental des deux illuminées, elles finiraient bien par disparaître un jour dans la nature en emportant leurs élucubrations avec elles. Le roi soupira, se tut et s'enfonça de nouveau dans son fauteuil.

Le prêtre blêmit. Son interlocuteur, ignorant des textes sacrés, ne mesurait pas l'étendue des horreurs déblatérées par la jeune hérétique ni son caractère nuisible ; elle utilisait à merveille le charisme du Malin. Le père considéra qu'à l'image de sa population Pedro IV se trouvait sous emprise ; il fallait agir vite, mais tout en ruse et en délicatesse. Le missionnaire se racla la gorge, toussota dans son poing et s'efforça de se montrer le plus pédagogue possible. Ils avaient affaire à une folle à lier. Une érudite suffisamment habile pour galvaniser un attroupement de villageois naïfs et crédules, que leur propre ombre effrayait et habitués à avaler les récits les plus invraisemblables. L'homme au service de la seule et vraie religion se faisait fort de démasquer ses supercheries. Que Pedro IV soit rassuré, il arriverait facilement à confondre l'effrontée aux cheveux ras. Au premier faux pas, à la moindre déception qu'elle occasionnerait, le peuple qui l'encensait aujourd'hui lui tournerait le dos. Et cela se produirait bientôt, promit-il en se signant avant de serrer la main du souverain et de quitter le palais.

Le peuple de Kibangu célébra toute la nuit. On assista d'abord à la résurgence de danses traditionnelles interdites par l'Église de Bernardo da Galla. Femmes et hommes, en rangs serrés, face à face, se déhanchaient au son des tambours. Lorsque les solistes se mirent à marteler les peaux tendues de leurs instruments, les rythmes de plus en plus saccadés désorganisèrent la foule et libérèrent les corps longtemps enserrés dans le carcan d'une morale venue d'ailleurs. Les poitrines se dénudèrent, elles ruisselaient de sueur. Les bassins se rapprochaient en des chorégraphies improvisées : autant d'hymnes à la sensualité pour magnifier la légèreté retrouvée. On alla chercher les outres de vin de palme dissimulées au fond des cases pour désaltérer les danseurs. La population riait, frappait des mains. La liesse ne connaissait pas de bornes. Pour tous, Kimpa Vita réhabilitait les valeurs d'antan, elle annonçait le renouveau prochain. Alors, pendant quelques heures, les Bakongos renouèrent avec cet esprit de convivialité et embrassèrent l'existence comme une fête, celle qui avait inspiré leurs ancêtres et apporté la prospérité à leur peuple durant des siècles. Plus tard, en artisans consciencieux et agriculteurs soucieux de ne pas négliger les trésors que la terre leur offrait, ils regagnèrent leurs logis bien avant le lever du jour et reprirent leurs activités aux aurores. Kimpa Vita accepta l'hospitalité d'Appolonia et se réjouit de partager sa cabane à l'orée de la forêt, mais ne remarqua pas les bras que lui ouvrait l'accoucheuse : elle était épuisée, ailleurs. Son sommeil fut très profond.

Je me réveillai fatiguée, la tête encore lourde et confuse, mais durant les jours qui suivirent je ne ménageai pas ma peine : j'arpentai les champs, m'adressai aux cultivateurs, m'arrêtai un instant devant les ateliers, interpellai les maîtres et leurs apprentis. J'invitai les uns et les autres à me rejoindre afin de nous dresser ensemble contre l'esclavage et les injustices dont nous souffrions. S'ils acceptaient de me suivre, je leur promettais une vie différente, inspirée par l'amour du prochain, par la bienveillance des ancêtres et par le partage des richesses de la Création.

J'accusai le père Bernardo de ne pas nous donner raison dans la vénération de nos illustres anciens autant que des saints. D'ailleurs, afin qu'il bénéficie de la clémence divine à l'heure du Jugement dernier, j'entendais bien lui suggérer de soutenir mon initiative et d'obliger le roi à se mettre sans plus attendre en campagne pour restaurer São Salvador et contribuer ainsi au rétablissement de l'unité du royaume. Entretemps, Bernardo da Galla avait obtenu de Pedro IV l'autorisation de m'interroger, sans me brutaliser, afin de vérifier si je détenais des facultés extraordinaires. La reine, qui me redoutait, tenait absolument à être témoin de cet examen. Mais l'information n'arriva jusqu'à moi que le vendredi en fin d'après-midi. Or c'était au soir de ce jour que je mourais et basculais dans l'au-delà. Je fus au regret d'annoncer au prêtre mon impossibilité de m'entretenir avec lui avant ma résurrection du dimanche matin.

Ma réponse, transmise par Appolonia, l'irrita, tandis que Pedro IV accueillit la nouvelle avec effroi. Son épouse, elle, plissa le front : cette demoiselle allait beaucoup trop loin, ses allusions récurrentes à la renaissance après la mort l'intriguaient et faisaient écho à des pratiques de sociétés secrètes ancestrales. La reine voulait en savoir davantage. Hipolita préféra ne pas solliciter Appolonia, qui n'avait plus d'yeux que pour Kimpa Vita. La souveraine envoya des espions chargés de rassembler le plus d'informations possible sur le passé de la jeune femme aux quatre coins du pays.

Le dimanche qui suivit, j'entrai dans l'église sur la pointe des pieds peu après la messe. À l'intérieur m'attendaient Bernardo da Galla, Hipolita-Maria et le général Chibenga. L'Italien peinait à se contrôler : il me considérait comme une adolescente effrontée qui ne méritait qu'une bonne correction. Il me questionna d'abord sur ma relation à saint Antoine de Padoue. Je marquai une pause, puis commençai à raconter mon incarcération avec beaucoup de candeur. Il y avait eu la douleur, l'humidité du cachot, ma mort, l'étendue désertique baignée de soleil ; puis saint Antoine dans mon cœur devenu mon frère pour l'éternité, son corps céleste en moi et en mon âme. Un homme si bon qu'il avait décidé de quitter la paix du paradis pour aider au sursaut du Kongo ; bientôt, nous irions à São Salvador, il me l'avait promis. Enfin, je joignis les mains et adressai une prière de remerciement à mon protecteur.

Bernardo da Galla se massa l'arête du nez, se ressaisit et me demanda d'identifier une dizaine de statuettes de saints qu'il avait couvertes d'un linge blanc. Je les reconnus un par un sans hésiter puis me mis à nommer chacun d'eux de manière exaltée et à raconter leurs extraordinaires parcours de vie. J'insistai une fois de plus sur la mission que Dieu m'avait confiée : les Bakongos devaient se soulever, restaurer São Salvador et l'unité du royaume. Ensuite, je dénonçai le pape et ses sacrements, fustigeai les fétiches qu'il fallait brûler, décriai les images du supplicié sur la Croix qu'il était urgent de bannir de la maison du Seigneur en les remplaçant par d'autres représentations du fils de Dieu, plus paisibles et accueillantes : celle d'un Christ berger, souriant parmi ses brebis rassemblées autour de lui. L'Italien, qui avait levé le poing, fut arrêté par Chibenga.

Après s'être interposé entre mon assaillant et moi, le général m'escorta jusqu'à l'orée du bois sous les acclamations de la foule subjuguée d'avoir assisté à l'humiliation d'un Européen par l'un des leurs. En deux entrevues, quelques phrases, un peu de désinvolture mais une forte détermination, Dona Béatrice avait fait vaciller les figures d'autorité qui écrasaient les Bakongos de leurs poids militaire et religieux pour les soumettre à leurs lois injustes et arbitraires. Ils me portèrent à bout de bras, en héroïne, jusqu'à la demeure d'Appolonia.

Hipolita-Maria avait été une fois de plus très impressionnée par ma prestation, mais, malgré l'admiration qu'elle ressentait, quelque chose en moi l'inquiétait : l'intuition que je pourrais représenter une menace. Elle attendait les conclusions de ses espions. Au terme de leurs investigations, ils lui apprirent qu'Appolonia Mafuta avait été l'instigatrice de la dernière épreuve de la Difficulté dont j'avais été la seule à sortir victorieuse. Ils l'informèrent que celle qui marchait sur la pointe des pieds était née dans une famille très pauvre mais apparentée au dernier Mani Kongo, un clan enraciné et respecté sur le territoire depuis la création du royaume du Kongo, au XIIIe siècle. Ce parcours m'habilitait à diriger et à régner un jour sur le Kongo. De plus, j'étais née jumelle, ce qui me conférait un statut particulier, une aptitude naturelle à communiquer avec les ancêtres du monde invisible. Or, dotée d'une puissante charge mystique, d'une irréprochable légitimité politique par mes origines et de connaissances nécessaires pour affronter les Portugais, j'étais une redoutable rivale de la reine de Kibangu, un obstacle de taille sur le chemin qui devait mener son couple à la tête du royaume, peut-être la pire ennemie qu'elle pouvait imaginer. Appolonia tomba immédiatement en disgrâce. Hipolita la considérait désormais comme une intrigante, elle la soupçonnait d'avoir sciemment introduit un danger au sein de la maison royale.

Après plusieurs jours d'âpres négociations, elle arriva à convaincre son mari et son général en chef de tout entreprendre pour nous éliminer. Surtout, il fallait m'empêcher de m'allier un jour au roi João II de Bula, leur principal concurrent, qui détenait encore les anciens insignes royaux du Kongo. Si d'aventure je m'en emparais, mon aura symbolique me rendrait intouchable dans le cœur des Bakongos.

Depuis les murs du palais, Chibenga fit circuler une rumeur qui affirmait que la reine considérait dorénavant les prophéties d'Appolonia comme un ensemble de contrevérités qui masquaient une entreprise de trahison visant à déstabiliser le couple royal et l'Église catholique, un vaste complot fomenté par des nostalgiques des temps anciens et révolus. D'autres voix prétendaient que, selon Hipolita-Maria, derrière le vernis de ses belles paroles et de ses faux miracles, Dona Béatrice n'était qu'une prétendante supplémentaire à la couronne du Kongo, qui essayait de détourner l'armée et le peuple du mont Kibangu à son profit. À ce titre, il était primordial de la supprimer dans les plus brefs délais.

Lorsque Appolonia apprit que non seulement elle avait perdu la protection d'Hipolita, mais que cette dernière préparait de violentes représailles contre nous, elle me supplia :

« Nous sommes en danger de mort, Kimpa, il est temps de partir avant qu'il ne soit trop tard ! »

Mais il me fallait attendre le vendredi soir et mon voyage dans l'au-delà pour m'inspirer de la sagesse du Tout-Puissant ; lui seul déciderait si je devais ou non quitter le mont Kibangu et abandonner ainsi mes nouveaux adeptes.

Je ressuscitai à l'aube du dimanche matin et annonçai à Appolonia que, là-haut dans le désert, saint Antoine et moi avions marché longtemps dans les sables, le cœur rempli d'allégresse. Le signe envoyé par le divin me paraissait clair. Nous devions nous mettre en route sur-le-champ et, d'après la joie vive que j'avais ressentie tout au long de ma déambulation céleste, notre destination ne faisait aucun doute : au bout du chemin nous attendait São Salvador. L'ancienne accoucheuse fut soulagée d'entendre que la sagesse de l'au-delà coïncidait avec la sienne.

Le Seigneur m'avait confié la mission d'investir moi-même la capitale et de la faire prospérer. Après avoir rassemblé des provisions, Appolonia et moi quittâmes discrètement le mont Kibangu. Pedro IV avait estimé qu'exécuter un émissaire proclamé de Dieu le jour du Seigneur pouvait être vecteur de malchance ; il avait donc différé mon assassinat de vingt-quatre heures et me permit de m'échapper *in extremis*. L'essentiel pour le souverain était de se débarrasser des deux folles qui semaient le désordre dans son royaume ; c'était chose faite. Il évitait aussi d'avoir à liquider une jeune déséquilibrée et une vieille dame, basses besognes indignes d'un soldat de son envergure.

Nous entamâmes une longue marche de plusieurs jours. Une progression lente et pénible sur les routes et les sentiers rendus impraticables par la répétition de violentes pluies tropicales qui s'abattaient sur le pays et nous dissimulaient. Sachant que j'étais recherchée par les Portugais et peut-être poursuivie par les soldats de Pedro IV, je m'inspirais du périple qui m'avait menée au collège de Luanda : nous nous cachions le jour et parcourions la plus grande distance possible dans l'obscurité. Un matin, j'aperçus au loin l'imposante colline qui coupait la monotonie de la plaine boisée, une excroissance bombée au sommet de laquelle trônait São Salvador, telle une forteresse imprenable. Un point central suspendu au-dessus de tout, un lieu incontournable vers quoi, pour nous, le monde convergeait : la ville natale d'Appolonia, le lieu où j'avais grandi. De là où je la contemplais, je compris qu'en découvrant cet emplacement bien des siècles plus tôt, nos ancêtres avaient été non seulement séduits, mais aussi aimantés par ce site fascinant, perché entre ciel et terre. De l'eau coulait en abondance au pied du mont qui supportait la ville.

Sa position élevée avait toujours compliqué les assauts des armées ennemies et lui donnait d'emblée une dimension céleste. Appolonia et moi nous sourîmes : nous avions surmonté le plus difficile. Encore quelques heures d'efforts et nous arriverions enfin chez nous. Nous décidâmes de faire halte et de passer la nuit dans la clairière qui abritait la source de la rivière Mpozo, celle où j'avais vu le jour. Nous avions le cœur serré : dans quel état d'abandon allions-nous trouver la ville délaissée ? Comment ses derniers habitants nous recevraient-ils ? Je m'allongeai sur le tapis d'herbes les bras en croix et fermai les yeux. Puis je somnolai en pensant à ma petite sœur jumelle alors qu'Appolonia me racontait l'histoire douloureuse de nos naissances. Du lit de la rivière se fit entendre la voix de Ma Louisa. J'étais devenue un nourrisson et m'assoupissais avec l'une de ses berceuses préférées, celle où une noyée demandait à sa sœur de supplier leur mère de ne jamais l'oublier. Avant que je sombre totalement dans un sommeil profond, des mains me caressèrent puis m'entourèrent les épaules. Un corps de femme se lova longuement contre le mien, m'enlaça avec énormément d'amour et distilla en moi une singulière vague de bien-être ; jamais ma peau n'avait goûté une telle sensation de douceur. Ma mère, celle qui m'avait portée des mois dans son ventre, arracha une parenthèse au trépas ; elle nous permit de nous étreindre ma sœur et moi pour la première fois. Je m'endormis à l'abri de sa poitrine creusée, un sourire sur les lèvres au souvenir de ma jumelle, bercée par le chant de Ma Louisa sur le rythme de la musique apaisante du courant.

Le lendemain, nous gravîmes le flanc sud par le chemin qui serpentait jusqu'à la cité. Je ne manquais pas de me retourner de temps à autre pour évaluer la distance parcourue et m'émerveiller de la vitalité de la nature sauvage qui donnait un caractère si particulier aux paysages du pays des Bakongos. Une fois que nous eûmes atteint le sommet, je constatai, à regret, que São Salvador offrait un bien sinistre spectacle. Après les fortes pluies des derniers jours, les rues s'étaient transformées en rivières de boue qui charriaient toutes sortes de détritus. De rares passants apparaissaient furtivement au coin des carrefours, puis disparaissaient en évitant de tomber dans la vase, avant de se précipiter à l'intérieur des maisons encore plus délabrées que du temps de mon enfance. Parfois, je surprenais de brefs regards intrigués aux fenêtres. J'y lisais de la peur, les angoisses d'une population décimée, redoutant de nouvelles razzias et d'autres tueries.

Dans cette cité ravagée, tout évoquait le renoncement et la désolation. Un espace en perdition, sans trace d'une quelconque gloire passée. Exténuées après notre long voyage, nous nous taisions, déçues et dubitatives. Seule nous aiderait la prière dans l'attente d'un signe du ciel. La prophétesse baissait la tête, les cheveux en bataille, elle avait l'air résignée et décida de réintégrer son ancienne demeure, alors que plus d'une moitié des maisons étaient inhabitées. Je choisis une autre direction. En passant par le centre-ville, j'avais remarqué que la cathédrale n'avait toujours pas été reconstruite ; aucune messe ne devait plus s'y célébrer. Puisque Dieu avait inspiré mon retour à São Salvador, c'est près de sa maison que j'élirais domicile en bâtissant une modeste cabane attenante à la ruine. Avant de m'y atteler, je pris plaisir à déambuler dans le dédale des ruelles, malgré la fatigue et mes pieds endoloris, jusqu'à la case de Ma Louisa. Je retrouvai le clair-obscur, l'ambiance feutrée, et l'imaginai sur sa chaise à bascule en rotin aujourd'hui rongée par le temps. Je restai là, immobile un long moment, les yeux tantôt fermés, tantôt grands ouverts, dans l'espoir de distinguer un signe de ma mère spirituelle, morte depuis de nombreuses années. Rien ne vint.

J'empruntai le chemin vers la cathédrale, récupérai des planches de bois, des briques de terre, des cailloux, puis me tissai une natte en raphia. Malgré des premiers jours tristes, gris et silencieux, je ne ménageai pas ma peine. Le mauvais temps s'acharnait sur São Salvador : de violentes bourrasques sifflaient au-dessus des avenues éventrées. Les fortes pluies ne s'arrêtaient que pour reprendre de plus belle, les nuages sombres obstruaient la vue, l'ancienne capitale avait l'air coupée du reste du monde. Une ville fantôme perdue dans un voile de ténèbres brumeux.

Arriva le vendredi soir ; je m'assoupis. Kimpa Vita entreprit son ascension vers le désert de l'au-delà. Comme à son habitude, saint Antoine l'attendait, assis au sommet d'une dune. Il l'appela, elle escalada, le retrouva, puis il lui baisa le front en posant ses mains sur ses épaules.

À mon retour parmi les vivants le dimanche matin, un soleil radieux avait dégagé l'horizon, et une cinquantaine de personnes étaient rassemblées en face de la cathédrale. Dieu venait de me redonner confiance en l'avènement de jours meilleurs, il me prouvait son attention. Avec émotion, j'avançai sur la pointe des pieds vers la foule qui déjà m'acclamait. En m'approchant, je distinguai des visages connus, des femmes, des hommes et leurs enfants qui avaient quitté le mont Kibangu pour me rejoindre, mais aussi une partie des disciples qui avaient fui avec moi dans la jungle.

Dans le Kongo de mon époque, les indigents subissaient l'oppression, l'exploitation et le dénigrement dans leur cœur et dans leur chair avec une violence qui les maintenait dans un état de désillusion permanent. Les hommes et les femmes qui m'avaient rejointe depuis Kibangu avaient été séduits par cette parole qui affirmait que le Dieu des chrétiens délivrait un message fédérateur, qu'il se montrait attentif aux peines qu'ils enduraient depuis trop longtemps. J'étais très émue d'être arrivée à transmettre aux autres une force salvatrice qui incitait chacun à découvrir l'étendue de ses propres ressources et à agir pour améliorer son sort. Ils n'étaient qu'une cinquantaine, mais le soleil, ce matin-là, brillait si intensément qu'il altérait ma vue, ils me semblaient innombrables. Je plissai les yeux pour me protéger des rayons, devant moi apparut une multitude de visages radieux. Je me signai et rendis grâce à Dieu sous des applaudissements discrets.

J'ouvris mes bras, électrisai la foule et, sur la pointe des pieds, me fondis dans la masse de mes adeptes. Je répétais inlassablement que nous devions aimer cette terre jadis chérie par nos ancêtres, la respecter et en prendre le plus grand soin pour qu'un jour nos enfants puissent aussi y prospérer, et leurs enfants après eux. Les larmes aux yeux, les gens dansaient, s'embrassaient, levaient les mains au ciel, demandaient plus encore de ces mots qui réchauffaient leur cœur. Certains entraient en transe, surtout des femmes qui, persuadées d'être possédées par l'intelligence d'ancêtres revenus momentanément du royaume des morts, se roulaient dans la poussière. Les nouveaux habitants de São Salvador désiraient ce monde que nous allions créer ensemble. Je réussis à fédérer les énergies autour d'un même objectif extraordinaire, merveilleux : offrir une âme à notre utopie, lui modeler un corps qui nous ressemblait, l'alimenter avec des idées inédites, innovantes, et tendre vers toujours plus d'harmonie. Voilà en quoi consistait ce qu'on appelait la « magie de Kimpa Vita » ou la « religion de Dona Béatrice ». J'incarnais une lumière qui irradiait l'horizon, donnait un sens à l'existence de dizaine de milliers de laissés-pour-compte auxquels personne ne s'était jamais intéressé jusqu'à présent.

L'écho de l'effervescence de la ville résonna sur l'ensemble du territoire. Toute une population afflua vers São Salvador ; nous étions désormais des milliers. Il se disait que l'ancienne capitale renaissait, qu'elle devenait à nouveau le havre de paix qu'elle avait été, la terre d'asile de ceux qui redoutaient les rafles, un abri qui protégeait des abus commis par des soldats en mal de solde, ou simplement l'espoir d'échapper à la famine. De nombreux Bakongos prirent le chemin de São Salvador perchée sur la colline. Aux arrivants, je proposais de m'appeler indifféremment Dona Béatrice ou Kimpa Vita, afin de célébrer la dualité de nos croyances et les bienfaits de l'osmose des différences. Tous me vénéraient ; je les recevais personnellement dans les ruines de la cathédrale à quelques pas de ma cabane. Je passais pour sainte, le peuple s'abreuvait à mes oracles. On me liait des fils et des cordons autour de la taille et des pieds afin d'obtenir des faveurs, comme le faisaient les chrétiens avec les figures de la Vierge.

Même si les nouveaux venus apportaient des victuailles, du bétail et toutes leurs richesses, la famine menaçait : la ville s'était repeuplée très rapidement et avait dû supporter des mois de misère. Des paysans avaient labouré les flancs du coteau, mais il fallut attendre la récolte. Là encore, j'arrivai à enflammer mes troupes, à les galvaniser ; tous s'armèrent de patience. Pour montrer l'exemple, je m'alimentais peu, ne buvais que le strict minimum et trouvais les mots : le Plus Haut aimait à éprouver la ferveur de notre foi. Nous devions apprendre à endurer, comme mon maître me l'avait enseigné lors de mon initiation. Alors, avec l'aide d'Appolonia et d'autres femmes qui connaissaient les plantes médicinales traditionnelles, nous consolions, soignions les malades et ceux que les privations accablaient. Les souffrants guérissaient à force de persuasion ; des miracles se produisaient. Jamais personne ne vint à moi sans repartir meilleur et heureux.

J'invitais mon peuple à parcourir avec moi le chemin vers la foi, semé de doutes et de douloureuses introspections, à s'engager sur le sentier qui menait à la plénitude : la vie éternelle. Cette croyance nous rendit durs à la souffrance, indestructibles. Des jeunes aimaient à venir me réveiller le matin aux aurores en scandant :

« Reine Kimpa Vita, sainte entre les saintes, pour toi nous sommes prêts à mourir dans la dignité, plutôt que de vivre en esclaves ! »

Au bout de quelques mois, lorsque les réseaux de terrasses agricoles où les paysans avaient planté haricots, maïs, courges et tout ce qui nourrirait mon peuple arrivèrent à maturité, les récoltes purent débuter. Les flancs du coteau que surplombait São Salvador s'ornèrent de couleurs : beaucoup de vert, ici et là des touches de rouge et de blanc, des espaces couverts de jaune et d'ocre. Les champs encerclaient le pied de la ville et formaient un étonnant kaléidoscope naturel : la promesse de Kimpa Vita avait été exaucée ! São Salvador pouvait de nouveau subvenir aux besoins des enfants du Kongo. Les habitations étaient aussi encerclées de petites parcelles cultivées – du manioc, la base alimentaire, et des épices. Des chèvres naines et des porcs fournissaient la population en viande. Chacun pouvait aller pêcher dans la rivière en contrebas ; la cité devenait une collectivité équitable et durable qui fonctionnait en autarcie.

Je décorais les cheveux des enfants de pétales de mussaenda vermeils et entourais leurs poignets et chevilles de l'écorce marron de ces arbustes, dont j'affirmais que Dieu s'était servi pour créer la peau des Bakongos. Pour les adolescents, je confectionnais des couronnes de la même matière. J'adorais mon peuple, et il m'aimait en retour. Certains me baisaient les pieds malgré mes réticences, d'autres s'empressaient de recueillir avidement les miettes du peu de nourriture que je portais à ma bouche. En hommage à saint Antoine, je respectais le rite de mon départ du vendredi soir et, pendant mes retraites, en profitais pour remercier inlassablement Dieu et les ancêtres pour les bienfaits qu'ils nous offraient.

Mais un matin à l'aube, aux abords de São Salvador, les cultivateurs qui descendaient travailler aux champs aperçurent une colonne de plus d'une centaine de soldats sortant de la brume. La troupe lourdement armée de lances, d'arcs et de mousquetons s'approchait en rangs serrés. À leur tête, juché sur un magnifique étalon blanc, le général Chibenga ouvrait la marche. La nouvelle se diffusa très vite parmi les habitants. L'ancienne capitale s'éveilla dans l'effroi. Le souvenir des massacres et des heures sombres rejaillit, beaucoup pensèrent à fuir. Prise de panique, Appolonia se hâta jusqu'à la cathédrale et frappa à la porte de ma cabane.

« Kimpa, viens vite ! L'armée de Kibangu marche sur la ville ! »

Aucun danger n'avait été évoqué lors de mon dernier voyage dans l'au-delà. S'agissait-il simplement de déserteurs désorientés qui venaient chercher refuge ? Je rassurai d'abord Appolonia : Dieu et les ancêtres étaient avec nous, j'allais parler aux soldats.

Je me coiffai de mon bonnet en fibres végétales, revêtis ma robe blanche et couvris mes épaules d'un châle de la même couleur. Silencieuse et digne, la tête haute, je me pressai à la rencontre des militaires qui s'étaient arrêtés en contrebas, dans la plaine. Vu de São Salvador, le spectacle de la colonne lourdement armée impressionnait. Je les imaginais en attente d'un ordre de leur chef, un simple signe de la tête ou de la main, pour fondre sur notre cité et tous nous passer au fil de l'épée. Je me ressaisis, avançai vers eux sur la pointe des pieds en murmurant des « Je vous salue Marie » et des prières aux défunts. Enfin, je me trouvai seule en face du général perché sur sa monture. J'étais minuscule, à la merci des sabots de son cheval et livrée aux fantassins en rangs serrés derrière lui. Je commençai par imposer le clair de lune de mes yeux à ceux de Chibenga. L'officier supérieur soutint mon regard quelques secondes, puis baissa la tête. J'en profitai pour prendre la parole en découpant chaque syllabe : je les invitai à rester avec nous, ici, à São Salvador. Il fallait que cessent les guerres fratricides. Dieu m'avait éclairée, bientôt je réunirais les prétendants au trône et assumerais ma charge d'en choisir un et de le couronner roi. Ainsi, la paix éternelle régnerait sur le Kongo. Je tendis une main vers eux. Impassible, Chibenga descendit de son cheval, fit quelques pas dans ma direction, posa un genou à terre, puis ordonna à ses fantassins de faire de même. Enfin, quand tous l'eurent imité, il me tendit l'épée qu'il tenait à bout de bras.

« Kimpa Vita, j'ai quitté mon ancien maître pour te rejoindre. Pedro IV est un tyran qui n'aime pas le peuple. Il est une nuisance pour le Kongo. Mes hommes et moi serions honorés de combattre pour toi. Jusqu'à la mort ! »

Devant mon air abasourdi, le commandant en chef continua :

« Kimpa, je te propose mes services et ma connaissance des sciences de la guerre. Tu n'ignores sans doute pas que les Portugais de Luanda et les seigneurs des autres provinces commencent à regarder le succès de ta ville d'un très mauvais œil. Ils se sont alliés et ne tarderont pas à t'attaquer. »

D'abord terrorisés, les habitants de São Salvador avaient repris confiance dès l'instant où Chibenga s'était prosterné devant moi. Beaucoup m'avaient rejointe et s'étaient regroupés dans mon dos.

« Si tu acceptes, Kimpa Vita, nous assurerons la protection de ton peuple ! »

À ces mots, les femmes et les hommes de la capitale coururent vers la troupe, et ce furent des accolades, des embrassades, de tendres moments de fraternité ; certains retrouvaient des membres de leur famille et des amis. Des jours, des semaines de liesse s'ensuivirent. L'adhésion des soldats rassura mon peuple qui, se sentant protégé, se libérait de ses derniers carcans. Sous escorte militaire, des agriculteurs s'aventuraient de plus en plus loin des portes de la ville pour cultiver de nouvelles terres ; on commença aussi à envisager de bâtir des habitations dans la vallée.

L'utopie progressait. Après plusieurs mois, São Salvador offrait un spectacle étourdissant. Des bâtiments réservés aux familles des fidèles de la première heure et aux officiers de la nouvelle armée jusqu'aux logements des plus modestes, on accordait un soin particulier à la décoration des façades. Des insignes avaient été accrochés sur les portes d'entrée, des motifs géométriques à côté des croix. Les tenues vestimentaires colorées que tous portaient étaient faites d'étoffes tissées sur place avec raffinement. Des femmes couvertes de bonnets finement ornés déambulaient dans les rues et les avenues. Les ateliers de vannerie et de textile prospéraient. Le marché de la ville avait renoué avec une activité intense, il animait le centre de la cité en lui donnant un air de fête permanente. Surtout, la cathédrale se reconstruisait à la hâte. Des défenses d'ivoire décorées avaient été plantées à l'entrée, autour d'un tableau qui consacrait l'image d'un Christ souriant et apaisé. São Salvador retrouvait son visage de capitale ouverte et chaleureuse.

Les convertis au message et aux réalisations de Kimpa Vita continuèrent à affluer par dizaines de milliers vers la capitale en un flot ininterrompu. Pour la plupart, il s'agissait d'anciens captifs. Des révoltes violentes de prisonniers mis en esclavage éclataient un peu partout dans le pays ; ils recouvraient la liberté après avoir brisé leurs chaînes et massacré leurs geôliers. Des centaines d'Européens périrent. L'insurrection gagna même les forts à esclaves des abords de Luanda que les mutins fuyaient en masse vers l'eldorado, le pays rêvé, la terre promise des Bakongos : São Salvador. Nombre d'entre eux, en hommage au glorieux passé de la cité nichée sur la colline, insistèrent pour la rebaptiser comme aux premiers temps du royaume : Mbanza Kongo.

Le père Bernardo, dans une rage folle, avait chassé tous les courtisans du palais royal pour éviter une humiliation publique qui n'aurait fait qu'accentuer l'affaiblissement du pouvoir de Pedro IV.

Les désordres qui régnaient au Kongo depuis des décennies avaient pris des proportions alarmantes. Les nouvelles qui lui étaient venues de l'enclave de Luanda étaient désastreuses : le pouvoir civil portugais était en proie à la panique, les bénéfices du commerce d'esclaves chutaient à l'heure où les colons au Brésil réclamaient davantage de main-d'œuvre. En sous-main, les Néerlandais, les Français et même les Britanniques en profitaient pour disputer leur monopole aux Lusitaniens. Il se disait jusqu'à la cour de Lisbonne qu'un corps expéditionnaire se préparait à débarquer sur les côtes du Kongo et que, dans l'hypothèse d'une campagne, Pedro IV serait lui-même chassé de son trône.

« Au nom de Dieu, mon roi, ressaisissez-vous ! Pourquoi tant tarder ? Vous et moi risquons de tout perdre. Le travail d'évangélisation du royaume du Kongo depuis le XVIe siècle est remis en question par une hérétique d'à peine vingt ans. Comment pouvez-vous tolérer que Dona Béatrice, celle que vos amis de la sainte Église du Portugal ont éduquée aux langues européennes et à la théologie, méprise tant ses bienfaiteurs ? »

Le prêtre s'approcha de Pedro IV et lui chuchota à l'oreille :

« Des sources sûres m'ont rapporté qu'à São Salvador, la sorcière organiserait des audiences au cours desquelles elle se permettrait de coiffer ses plus fervents partisans de couronnes noires faites d'écorce. Les pauvres diables en ressortiraient certains de s'être transformés en petits christs… C'en est trop ! »

Le père Bernardo, n'y tenant plus, épongeait son crâne dégarni avec un mouchoir déjà humide. Il avait appris le sort réservé au père recteur du collège. Lui non plus ne s'était pas suffisamment méfié de la petite garce qui avait fini par échapper à son contrôle et causer sa perte. La mission officielle qui lui avait été confiée depuis le Vatican consistait à consolider la foi chrétienne dans ces contrées païennes ; or Bernardo da Galla courait le risque d'un échec total. Sa réputation, tout comme celle de sa famille, était en jeu ; surtout, il craignait pour sa vie. Depuis des mois il s'échinait à contredire, Bible à l'appui, les interprétations délirantes de Dona Béatrice, à tel point qu'il en perdait le sommeil. Accompagné d'une escorte de soldats, il battait la campagne autour du mont Kibangu et traquait les émissaires de Kimpa Vita. Il s'agissait souvent de jeunes gens très déterminés, chargés de propager sa bonne parole et d'annoncer le rétablissement prochain de l'unité du royaume. Des prophéties qui relevaient de la démence et de l'apostasie la plus intolérable. Ses hommes de main avaient beau les capturer et les torturer, ces extrémistes non seulement résistaient, mais n'abjuraient jamais. Tous sans exception préféraient souffrir et mourir en martyrs, un sourire béat aux lèvres adressé à saint Antoine.

« Mais comment diable une rêveuse, une idéaliste, une adolescente, peut-elle terroriser un chef aussi puissant que vous ?! D'ailleurs, vous ne faites pas mieux que votre rival João II Manuel : ses sujets fuient également les terres de Bula tels des rats quittant le navire. »

Pour terminer, le missionnaire menaça, l'index pointé vers le roi :

« Vous avez bénéficié jusqu'à présent des faveurs et du soutien de mes amis portugais. Or ils me pressent, leur patience a des limites ! Votre attitude attentiste pourrait bien les faire changer d'avis. Il serait fâcheux qu'ils se lassent de vos services... »

Sans révérence ni aucun geste de politesse, Bernardo da Galla quitta la salle en claquant la porte.

Depuis le décès de son père, jamais personne, européen ni bakongo, n'avait parlé sur ce ton à Pedro IV. Le doigt qui l'avait visé avait blessé son amour-propre ; une humiliation subie en présence de son épouse. Pourtant, il était resté de marbre, le regard droit. Il s'était résolu à accepter les succès retentissants que connaissait Kimpa Vita, à la barbe des Portugais et des seigneurs de guerre locaux. Son pire ennemi, João II Manuel, craignait lui aussi l'effervescence qui avait réveillé São Salvador. L'ordre précaire d'antan avait été pulvérisé par une gamine qui marchait sans chaussures sur la pointe des pieds. Alors qu'ils avaient longtemps hésité l'un et l'autre à investir l'ancienne capitale, en une année, Kimpa Vita avait réalisé la prouesse de transformer les ruines de Mbanza Kongo en oasis et en place forte capable de lancer des offensives victorieuses. La désertion de son chef des armées avait isolé Pedro IV. Comment un homme en qui il avait placé toute sa confiance avait-il pu le trahir et convaincre les meilleurs éléments de son état-major de suivre une enfant illuminée ? Même les marchands d'esclaves les plus sulfureux n'auraient pas pu tirer un prix convenable de cette fille bonne seulement à créer des problèmes. Ce genre de fanatiques, qui dormaient dans des cabanes et divaguaient, il en traînait des centaines sur les chemins et les places de village du royaume. Lui qui avait si souvent violé des alliances, manqué à sa parole sans aucun scrupule, se retrouvait à son tour floué, et, compte tenu de son indétermination, il craignait plus que tout d'autres défections dans ses rangs. Pedro IV soupçonnait Chibenga d'avoir voulu profiter du désordre généralisé causé par Kimpa Vita pour tenter sa chance dans la course au trône. Le fourbe le paierait de sa vie. En devenant le commandant des forces de São Salvador, Chibenga se posait en homme fort de la ville et en rival de João II Manuel, des Portugais de Luanda ainsi que de lui-même. Les troupes du traître étaient galvanisées par le discours fédérateur de Kimpa Vita autant que par le puissant symbole que représentait l'ancienne capitale du royaume : elles étaient prêtes à en découdre pour la défendre coûte que coûte. Or, jusqu'à ce jour, le souverain de Kibangu avait surtout défait des adversaires mal organisés et démotivés, souvent des bandes de brigands, des crève-la-faim qui désertaient les champs de bataille aux premières salves de mousquetons. Chibenga était l'un des rares Bakongos à avoir été formé à l'académie de Porto, il maîtrisait les techniques de la stratégie militaire, savait discipliner ses hommes, avec qui il entretenait un lien fort, des officiers aux simples fantassins. Le maniement des armes et les tactiques pour sortir avec panache des situations les plus désespérées lui étaient parfaitement connus. En cas d'affrontement, son ancien général pourrait déployer des hordes de fanatiques prêts à mourir pour Dieu et pour Kimpa Vita, chair à canon difficile à éliminer avant d'atteindre les bataillons d'élite surentraînés. Non, soupira Pedro IV, la perspective d'une attaque sur São Salvador relevait du suicide annoncé, d'autant que son ex-commandant en chef, qui avait dirigé ses hommes, n'aurait aucun mal à anticiper leurs initiatives, à prévoir leurs manœuvres et à déjouer leurs plans. Acculé d'une part par les menaces du père Bernardo qui fustigeait son immobilisme et d'autre part par la prédiction d'une débâcle assurée en cas d'offensive sur la capitale, Pedro IV se tassait au fond de son trône en ébène.

Hipolita profita de la léthargie de son époux pour prendre les choses en main. Jamais elle ne l'avait vu si indécis.

« Les menaces de l'Italien resteront sans conséquence : il craint surtout pour sa position dans l'Église. Tous se détournent de lui. Son discours ennuie et effraie, alors que Kimpa Vita fait briller les yeux du peuple… »

Pour avoir passé son enfance et son adolescence à Luanda, la reine connaissait bien les Portugais et les limites de leur force de frappe militaire. Ce petit pays de la péninsule Ibérique disposait d'une population réduite qui ne lui permettait pas de quadriller les immensités territoriales du Brésil, d'assurer une présence humaine importante dans ses autres possessions à travers le monde et d'écraser durablement la révolte qui embrasait le Kongo.

« Ne t'en fais pas : tu conserves toutes tes chances d'accéder à la couronne du royaume réunifié. Au fond, sourit-elle, cette effrontée sert directement tes ambitions. Elle prépare le terrain pour ton accession au trône. »

Le roi sortit un instant de sa torpeur et tendit l'oreille.

« Il s'agit de ruser, de trouver un moyen susceptible de discréditer sérieusement la petite. Malgré tout, ce n'est qu'une très jeune femme naïve et inexpérimentée, elle finira bien par commettre une maladresse, voire une grave erreur. Ne reste qu'à identifier ses faiblesses et à s'engouffrer dans la faille. »

Hipolita avait toujours regretté que les hommes autour d'elle, et parmi eux son mari, ne comprennent que la force brute, les vertus de l'épée, du feu, de la terreur et des massacres.

« En l'occurrence, triompher sur le terrain militaire ne suffira pas. Dona Béatrice a su gagner les âmes et les cœurs, il faut les lui faire perdre. La situation appelle à davantage de finesse. Je suggère ainsi d'infiltrer le mouvement et de le déstabiliser, en y introduisant un traître. »

Cette option plut à Pedro IV, d'autant qu'il savait que Dona Béatrice accueillait n'importe qui à bras ouverts. Il lui parut aisé d'introduire un ver dans le fruit, puis d'attendre que ce dernier pourrisse avant de se désagréger.

« La patience est l'arme des forts », susurra Hipolita-Maria à son mari en l'enlaçant.

Alors qu'elle se déshabillait devant lui à la lueur d'une bougie, dans un souffle, elle le supplia d'attendre, de la laisser faire : l'avait-elle déjà déçu ?

L'espoir galvanisait un peuple qui retrouvait ses esprits après un sommeil douloureux hanté par des cauchemars et des décennies de léthargie. Des générations sacrifiées tout au long d'une interminable nuit de déroutes, de servitude et d'humiliations. Pour que scintille une lueur au bout du tunnel, il avait suffi d'une étincelle : les mots d'une jeune femme d'à peine vingt ans. L'avenir ouvrait ses bras au peuple du Kongo, animé d'un désir de révolte, de rage aussi, uni, enfin prêt à en finir avec le joug des démons venus de l'océan pour l'asservir ; à mettre un frein au cynisme de leurs souverains, à l'influence de leurs courtisans avides de pouvoir, de jouissances éphémères et d'enrichissement personnel. C'était l'espoir des Bakongos désormais fidèles au Dieu créateur de l'univers, résolus à devenir la lame de son épée de justice. La révolte grondait, elle relevait les échines hier encore courbées. Tous s'armaient de courage pour conjurer la peur et la fatalité, et reprenaient en chœur :

« Plus jamais les fronts prosternés ! »

L'espoir, c'était aussi jouir de chaque instant en déambulant dans les rues de leur ville, marcher la tête haute en piétinant les doutes d'antan, puis bomber le torse en se préparant à la guerre comme l'avait annoncé Chibenga dès son ralliement. Ils avaient juré de se tenir prêts si Kimpa les appelait à se lancer dans la bataille ultime pour la seule cause qui en valait la peine : leur liberté.

Les rumeurs de guerre enflaient à Mbanza Kongo. Les esprits s'échauffaient, on priait Kimpa Vita d'interroger Dieu, d'indiquer la cible où frapper en premier pour assurer la victoire. La peur de perdre contamina les âmes pieuses. Le désir de vengeance commençait à ternir certains cœurs, comme celui d'Appolonia. Elle poussait même les enfants à scander :

« Kimpa Vita, nous mourrons pour toi ! »

Les temps s'assombrissaient au crépuscule d'un conflit à venir : l'agressivité et l'envie d'en découdre transformaient même les tempéraments les plus doux. La hantise de l'échec inspirait des violences aux plus valeureux. En se frappant la poitrine, ils répétaient des phrases qui effrayaient :

« Nous rendrons hommage à notre reine, demain, sur les champs d'honneur. Nous lui offririons des cohortes entières de dépouilles ennemies. Leur sang coulera le long des chemins, de leurs tanières de hyènes jusqu'à notre Mbanza Kongo bien-aimée. Nous le jurons ! »

Kimpa Vita aurait dû intervenir, vanter l'amour et la douceur, se souvenir de Mbwila, entendre la voix des morts qui regrettaient la guerre depuis la plaine où ils dormaient en paix aux côtés de leurs ennemis d'antan. Mais impossible de les ramener à la raison. Ils criaient à pleins poumons :

« À toi, la plus sainte des vierges, nous promettons de ne plus jamais subir la honte et les affres de la défaite ! »

Les plus radicaux, sous l'égide de Chibenga, baptisèrent leur armée d'après le nom de son saint protecteur : ils devinrent les Antonins.

Malgré l'agitation et le tumulte qui animaient les conversations dans les rues et les dédales du marché de Mbanza Kongo, je restais sereine, continuais à vivre modestement dans ma cabane adossée à la cathédrale. J'en sortais discrètement à la fin de la nuit et appréciais mes promenades solitaires lorsque le centre-ville dormait encore.

Plus rien ne rappelait la cité en ruine qui nous avait accueillies, Appolonia et moi. Je déambulais calmement pour ne rien rater du changement à l'œuvre. Les citadins avaient à cœur de marquer leur capitale de leurs sceaux artistiques. Ils paraient les portes et les façades de leurs maisons de peintures ou, pour les plus fortunés, de fresques décrivant souvent des scènes de la Bible. Je retrouvais aux quatre coins de la ville des représentations de la Vierge à l'Enfant qui me ressemblait, dotée de cheveux courts et de pupilles argentées sur un iris sombre. En chemin, j'admirais les entrées des demeures, toutes ornées soit de figurines en bois, de masques traditionnels, de statuettes animales anthropomorphes, soit de motifs géométriques qui rappelaient des cartes du ciel. La rencontre harmonieuse entre des inspirations venues du christianisme, de la nature et de nos ancêtres me donnait de l'allant. Elle confortait la certitude que nous avancions sur un chemin juste, animés de rêves et de bienveillance. Ensuite, le cœur léger, je descendais les flancs du coteau cultivés. Les épaules couvertes d'un tissu fin, je me délectais de la fraîcheur qui caressait mes bras nus, avant que les premiers rayons du soleil éclairent les champs en même temps qu'ils me réchauffaient la peau. Chaque fois, c'était un émerveillement. Notre contribution à l'œuvre de Dieu se présentait à moi, à perte de vue : la mosaïque bigarrée de la vie. La multitude d'odeurs des fruits de la terre – où séjournaient nos ancêtres – qui nous nourrissait, nous, les enfants du Seigneur des cieux.

Je contemplais longuement les plantes vivrières, ce savant mélange de végétaux disposés de manière à recevoir pleinement l'énergie solaire. Les cultures s'épaulaient dans leur croissance, se nourrissaient ou se protégeaient mutuellement, offrant ainsi le produit de leur floraison aux humains sans appauvrir le sol, m'expliquaient les paysans. Ils me donnaient l'assurance que la terre pourrait continuer à régaler les Bakongos pour les siècles à venir.

La nature – libre, folle, sauvage – était à peine perturbée par la main de l'homme. Je souhaitais qu'il en aille de même pour les femmes et les hommes du Kongo. Qu'ils goûtent à l'enthousiasme de s'affranchir de tout carcan et demeurent indomptés. J'ouvrais les bras et parcourais les bandes de terre délimitées par les semeurs en laissant mes mains se piquer aux fragiles pointes des épis de maïs, ou effleurer les jeunes pousses. Je m'enivrais du vert pâle des papayers, de leurs fruits longilignes et bombés, gorgés de vie, des tiges courbées des haricots, des mangues qui mûrissaient au soleil, de la couleur chlorophylle des feuilles de manioc ou de la subtile déclinaison de parfums de menthe, entre pomme et chocolat. Je me plaisais à recueillir des perles de rosée sur la paume de ma main, puis à en poser une goutte sur la pointe de ma langue. Enfin, je m'immobilisais, emplissais mes poumons d'air pur et de l'arôme des plantes. Le miracle se déployait là, devant moi. Je ne pouvais imaginer que le paradis ou le jardin d'Éden puisse ne pas ressembler à ma capitale retrouvée, relevée de ses cendres, en hommage aux anciens. Grâce à moi, Kimpa Vita, Mbanza Kongo faisait de nouveau l'objet d'un culte. Quand enfin le soleil éclairait l'ensemble du panorama, je m'en allais d'un pas lent me consacrer à ma tâche.

Ce jour-là débuta comme tous les autres. J'étais assise en tailleur à l'entrée de ma cabane, prête à accueillir les arrivants. J'en avais déjà embrassé quelques-uns en leur souhaitant de réaliser leurs rêves parmi nous, lorsque, occupée à remercier une vieille dame qui me baisait les mains et m'encourageait à accomplir plus encore de miracles et de guérisons, mon regard s'attarda sur la personne qui attendait son tour. À la voir à genoux, tête baissée, une étrange impression me gagna. Mes yeux s'arrêtèrent sur la finesse de ses muscles et l'arrondi de ses épaules. Quelque chose d'inexplicable émanait de ce jeune homme. Sa position d'humilité contrastait agréablement avec la puissance qu'il dégageait. Je me levai. En m'approchant, je m'enveloppai de son parfum qui flottait autour de lui. Le nectar qu'il exhalait produisait en moi, pour la première fois, un émoi. Se redressant, il me dévoila son visage… Je manquai de défaillir.

Même s'il avait beaucoup changé, s'était épaissi et semblait avoir mûri, je reconnus immédiatement João Barro, mon ami de toujours, mon ancien ange gardien. Il n'avait réclamé aucun privilège, lui qui pourtant m'avait soutenue depuis le début : il s'était fondu tel un anonyme dans la foule et avait attendu son tour. Je reconnaissais bien là la personnalité de João, un humble parmi les humbles. Il brillait encore des qualités que j'avais autrefois appréciées chez lui. La barbe naissante sur ses joues et son menton donnait à ses traits un air plus affirmé. Je décelai toutefois comme une ombre dans les yeux de mon vieil ami. J'avais quitté un adolescent et me trouvais maintenant devant un homme très séduisant. Une révélation pour moi qui n'avais jamais pris conscience de mon corps, cette simple enveloppe de l'âme. João alluma un feu en moi. Il me salua d'une voix qui, en restant une seconde coincée dans sa gorge, prit des accents mélancoliques. Je chavirai. Un afflux de sang pressa mes tempes. Des picotements parcoururent l'épiderme de mon ventre – un frisson qui rappelait le velours des ailes de papillon. Vinrent aussi une délicate montée de chaleur à l'intérieur de mes cuisses et une étrange tension à la pointe de mes seins. Les genoux en coton, je marmonnai un malheureux salut mais préférai vite me taire, afin de ne pas gâcher l'instant. Sa main effleura la mienne. J'en tremblai.

« Kimpa, je sais que nous sommes vendredi, je te laisse t'en aller ce soir. Je reviendrai. »

Il partit à reculons sans me quitter du regard. Lorsqu'il se retourna avant de disparaître, je ne pus m'empêcher de contempler la courbe de sa chute de reins, mise en valeur par le tissu fin du pagne bigarré qui imprimait de l'élégance au mouvement de ses fesses.

Par la suite, il me fut impossible de me concentrer sur les audiences qui se succédèrent. Je m'en voulais de ne pas avoir honoré João d'une couronne d'écorce, comme l'exigeait l'usage que j'avais instauré… Cela m'aurait surtout donné l'occasion de poser mes doigts sur son front.

Cette nuit-là, je ne ressentis pas la douce sensation de mourir, avant de rejoindre saint Antoine dans le désert. Le feu qui continuait à brûler en moi brouillait mes pensées. Il se consumait dans ma tête, embrasait mes jambes et électrisait mes bras. Après que je me fus allongée sur ma natte et eus fermé les yeux, une vision sinistre s'imposa à mon imagination. J'essayais, sans succès, de m'extraire d'une brume sombre. Se dissociant de mon corps supplicié, mon esprit errait sans but dans un lieu inconnu et hostile. Alors, j'appelai le Créateur, mais mes cris ne produisaient aucun son dans la fumée, aucune réponse ne faisait écho à ma détresse. Désorientée, je suppliai ma sœur de me venir en aide, mais seuls persistaient le silence et la solitude. J'avais chaud, je transpirais. Pour la première fois, mon voyage vers l'au-delà s'était transformé en un périple chaotique, en une souffrance telle qu'il était préférable de demeurer parmi les vivants. Ainsi, je tendais les mains dans l'espoir de m'accrocher à quelque chose qui empêcherait mon envol. João me saisissait par les épaules et retenait mon ascension vers les cieux ; tout s'éclaircit soudain, une lueur très vive m'aveugla et me ramena à l'obscurité de ma cabane, puis revint l'image trouble de l'homme qui venait de me sauver. Il apparaissait, les douleurs de mon corps s'estompaient.

J'imaginai la peau douce de João sur ses muscles tendus, visualisai le tracé arrondi de ses lèvres épaisses alors qu'il me souriait. Je soupirai profondément et m'abandonnai à la marée ardente du désir. Ma respiration s'accéléra à mesure que je lâchais prise ; je ne souhaitais qu'explorer mon corps, en découvrir les réactions, oser effleurer du bout de mes doigts la ligne de mes épaules, m'aventurer centimètre après centimètre sur la soie de mes seins, en entourer délicatement les cimes, sursauter d'abord, me crisper, me détendre enfin. Je laissai échapper un râle qui résonna dans ma cabane. J'appuyai ma main sur ma bouche. Et si quelqu'un m'entendait, alors que tous me croyaient morte ? J'essayai de distinguer le bruit d'éventuels pas dans la nuit. Mais je ne perçus rien d'autre que le souffle du vent dans le silence, entrecoupé par de lointains aboiements. Incapable de résister à l'appel de ma chair, je caressai mon ventre et descendis vers mes hanches, puis je m'arrêtai là où palpitait l'ardeur, au creux de l'épicentre torride et moite. Mon toucher se fit plus appuyé. D'abord immobile, je me raidis, me mordis les lèvres, puis esquissai un mouvement, lent au début, tout en souplesse ; j'accélérai, plus fort, jusqu'à chavirer. Je goûtais à un ravissement inédit. Rien ni personne ne m'avait jamais instruite des enchantements que procurait le corps, de cette fièvre qui m'emmena jusqu'au point culminant où je disparus dans une exquise torpeur. J'appréciai cet état de plénitude un long moment, la tête en apesanteur, penchée sur le côté, bercée par l'agréable impression d'avoir été diluée. Puis, très lentement, je rassemblai mes idées et me recomposai.

Je n'étais toujours pas morte et, contrariée, préférai chasser cette idée. Me revint en mémoire le regard lubrique du père recteur : lui seul avait désiré mon corps jusqu'alors. Je réprimai ce souvenir, mais il laissa planer en moi un vague sentiment de culpabilité. Dona Béatrice ou Kimpa Vita, l'unique rescapée de l'épreuve de la Difficulté, la prophétesse, la faiseuse de miracles, celle qui galvanisait les foules, celle pour laquelle des soldats étaient prêts à mourir, devait exister sans enveloppe charnelle. Les foules exigeaient que leur sainte soit pure, vierge de toute intimité avec ses semblables, mais aussi étrangère aux plaisirs de la chair qu'ils ne sauraient considérer autrement que comme une souillure sur sa personne. En vérité, j'aurais adoré hurler ma jouissance sans entrave, mais il me fallait retenir la vague qui montait, contenir l'allégresse que je découvrais, revenir à la réalité. J'étais Dona Béatrice, la voix de saint Antoine ; j'avais voulu revêtir les vêtements de gloire et guider le peuple, je me devais de demeurer une sainte parmi les saintes. J'étais Kimpa Vita.

Après l'extase, je restai longtemps songeuse. Mon âme n'avait rejoint ni Dieu ni saint Antoine ; pourtant, il ne me manquait presque rien. Malgré l'intense satisfaction qui m'avait comblée persistait une soif qui me consumait, celle de sentir João en moi. Que pensait-il de moi après tout ce temps passé loin l'un de l'autre ? Un homme si pieux ne s'intéressait probablement qu'à la volonté de Dieu. Mais je n'arrivais pas à me défaire de l'obsession, de l'envie de goûter à sa bouche contre la mienne, de m'enivrer de ses parfums sauvages, de me perdre avec lui dans l'insouciance. Cette nuit-là, la frénésie fut trop puissante : je ne mourus pas.

Un détachement de l'armée portugaise avait été aperçu dans les environs de la capitale. Les sentinelles qui l'avaient repéré s'empressèrent d'en informer leurs supérieurs, et la nouvelle parvint rapidement jusqu'au général Chibenga. À peine une centaine d'hommes faiblement armés, sans artillerie : les Portugais les prenaient-ils si peu au sérieux ? L'affaire s'annonçait facile, un instant le général soupçonna un piège, une quelconque manœuvre sournoise, mais les guetteurs se montrèrent unanimes : en cas d'offensive, il n'existait aucune troupe de réserve susceptible de percer les flancs des Antonins ou de les prendre à revers. Une victoire écrasante s'offrait au chef de guerre ; il ne ferait qu'une bouchée de cette colonne de fantassins emmenés par un seul cavalier. Ce serait l'occasion d'une démonstration de force. Mais, avant d'agir, Chibenga devait obtenir l'accord et la bénédiction de Kimpa Vita, la seule à pouvoir connaître l'issue d'une bataille en déchiffrant les signes venus de l'au-delà.

Assise en tailleur devant ma cabane, dans l'attente de la visite de João, je rêvassais et ne remarquai pas l'officier qui s'approchait. Surprise, je baissai les yeux pour cacher mes pupilles dilatées, pliai machinalement les jambes et m'agenouillai. Je reconnus alors l'imposant Chibenga, vêtu d'une tunique en peau de panthère noire et chaussé de bottes de cuir ; celui dont les subordonnés disaient qu'il était haut comme deux hommes se tenait debout devant moi. Ses bras croisés enserrés de bracelets d'argent donnaient à ses biceps un volume démesuré ; il bomba le torse, fit un pas dans ma direction et, s'avançant, finit par me surplomber. J'essayai de retrouver ma contenance de prophétesse. Il m'observait déjà depuis quelques instants : mon attitude l'intriguait, jamais il ne m'avait vue si distraite. Il eut d'ailleurs l'impression de me déranger, moi qui d'ordinaire me distinguais par cette faculté rare d'accorder un intérêt réel à mon interlocuteur, quel qu'il soit. Il me semblait être entièrement nue sous les yeux du commandant en chef qui, par pudeur, baissa légèrement la tête avant de m'exposer l'objet de sa requête :

« Ma reine, l'armée portugaise campe à une dizaine de kilomètres, la menace qui pèse sur Mbanza Kongo est très sérieuse. Permettez-moi d'intercepter ces soldats. Le danger n'est pas mince, mais nullement insurmontable. »

Je tins d'abord à préciser que je n'étais la reine de personne, simplement Kimpa ou Dona Béatrice.

Le général me coupa la parole :

« Sachez que les choses de la guerre, contrairement à celles de l'esprit, imposent souvent une réaction ferme et rapide. Pour défaire ce qui représente sans doute l'avant-garde de l'armée de Luanda, appuyée par les traîtres de Bula ou ceux de Kibangu, notre offensive doit être immédiate : le temps presse. Soyez sans crainte, les Antonins sont vaillants et tous prêts au combat. Ils ont juré que nul ne souillerait la terre et les murs de Mbanza Kongo. L'heure de vous prouver leur loyauté a sonné. »

Le péril semblait bien réel, et les Portugais ne baisseraient pas les bras ; j'avais déjà fait l'expérience de leur cruauté. Le sang allait couler, les larmes aussi. Aux clameurs des vainqueurs succéderaient les soupirs des agonisants. Quelque chose échappait à mon contrôle. J'avais transformé Mbanza Kongo en épicentre de la ferveur ; l'enthousiasme collectif s'exprimait ici où commençait le renouveau, comme nous l'avions tous souhaité et réalisé. Pourtant, en cet instant, cette réussite me laissait un goût d'inachevé. Me revint alors la tristesse de Ma Louisa lorsqu'elle me racontait les horreurs de la bataille de Mbwila.

Or le général et ses hommes se réjouissaient du conflit à venir, vantaient leur adresse autant que l'efficacité de leurs armes, se lançaient des défis : c'était auquel rapporterait le plus de trophées macabres. La spirale de la violence s'était mise à tourner, nul ne savait quand elle s'arrêterait. Je me mordis les lèvres lorsque je compris que, pour me plaire et pour défendre notre ville, les jeunes qui allaient au combat décupleraient leur agressivité, leur propension à la destruction, quitte à commettre les pires barbaries. La victoire sur le champ de bataille ne s'embarrassait pas d'états d'âme. Résolue, je pris les mains de Chibenga et lui promis un succès retentissant.

Alors que j'étais de nouveau seule, mon corps s'était refroidi. Prise de vertige et de nausée, je me réfugiai dans ma cabane et séchai une larme qui roulait sur ma joue. João, quant à lui, n'était toujours pas apparu.

Le commandant en chef et ses conseillers décidèrent de surprendre la colonne des Portugais endormis juste avant l'aube. Son armée connaissait parfaitement le terrain ; cinq cents hommes armés jusqu'aux dents progressèrent en silence dans la nuit sans lune sur une dizaine de kilomètres. Arrivée aux abords du campement des Lusitaniens, l'avant-garde des Bakongos élimina facilement les sentinelles qui somnolaient. Le général sonna la charge avec un cor de chasse, les peaux des tambours se mirent à battre des hymnes à la mort lorsque les guerriers enragés assaillirent leurs ennemis condamnés par leur excès de confiance. S'ensuivit un carnage : les humiliés d'hier ne connaissaient nulle clémence, nulle pitié. Aucun prisonnier, une centaine de fantassins exécutés, certains décapités. La boucherie prit des allures fratricides, puisqu'une poignée de Bakongos figuraient dans les rangs ennemis. Ceux-là furent torturés, puis émasculés sous les rires des bourreaux. De nombreux crimes furent commis au nom de Kimpa Vita et du rêve d'un royaume unifié. Les soldats regagnèrent Mbanza Kongo en chantant ;

les mélodies entonnées sur le chemin de la victoire furent reprises en écho par les femmes et les enfants restés en ville. Les hommes bombaient le torse en marchant vers le cœur de la capitale, puis toute une cité scanda mon nom.

Deux officiers qui tenaient le cheval blanc du capitaine portugais mortellement blessé par une sagaie s'avancèrent jusqu'à l'entrée de ma cabane. Lorsque j'en sortis, une clameur retentit si fortement que je n'en compris pas l'objet – il s'agissait de me hisser sur la monture dont Chibenga en personne enserrait la bride. Une fois à califourchon sur le dos de l'animal, je ne me trouvai pas à mon aise, pourtant il me fallut lever progressivement la tête. J'avais le cœur lourd de tristesse, mais fière allure. Sur mon passage, des soldats s'allongeaient face contre terre et, de leurs mains tachées de sang, se recouvraient de poussière. Après mon parcours triomphal dans le dédale des rues de la capitale, ce fut au tour du commandant en chef d'être célébré comme un héros et tacticien hors pair. Grâce aux visions de la jeune et naïve prophétesse, le général et sa garde rapprochée asseyaient leur pouvoir, ils préparaient leur ascension politique et militaire à la tête du futur royaume du Kongo uni. Leur succès éclatant sur les Européens les galvanisait, bientôt ce serait la puissance de feu de la ville de Luanda qu'ils mettraient au pas ; ils chasseraient ainsi les envahisseurs, les jetteraient à la mer et s'empareraient de leurs richesses.

Pendant les jours qui suivirent, je dus régler des conflits : il était question de partager des habits et des effets personnels dérobés sur les cadavres des vaincus. Je retrouvai là le goût prononcé de mes compatriotes pour les vêtements et accessoires importés d'Europe : des manteaux, des capes, des paletots d'écarlate et de soie, des chaînes d'or et de grandes épées de fer. Ils aimaient les transformer en tenues d'apparat à l'aide de pagnes et de tissus locaux. Parmi le butin, les nouveautés exotiques, en l'espèce les chaussures vernies, les bottes de cuir et les chapeaux des Portugais tombés au pied de Mbanza Kongo, excitèrent une convoitise extrême.

À peine entrée dans l'âge adulte, je devais satisfaire les attentes de dizaines de milliers de personnes qui me sollicitaient du matin jusqu'au soir. Mon seul repos commençait le vendredi, lorsque je me retirais du monde. L'occasion pour moi de souffler, d'espérer le retour de ma sœur chérie – de n'être que moi-même pour quelques heures.

Les Antonins insistaient : ils souhaitaient obtenir de moi la permission de préparer une offensive de très grande envergure afin d'en finir avec les Européens une fois pour toutes. Je tentais de freiner leurs élans, mais ils se montraient impatients. Même la poignée de fidèles qui m'accompagnait depuis le collège avait changé d'attitude. Certains s'octroyaient des avantages en monnayant leur qualité de compagnons de la première heure pour obtenir des faveurs et s'enrichir. Ils se justifiaient en arguant qu'ils avaient tout sacrifié pour leur guide, et risqué leur vie pour sauver la mienne. Toujours ils se plaignaient, réclamaient davantage de reconnaissance. Je m'aperçus que mes rêves de couronne unifiée ne suffisaient plus à maintenir tous mes partisans dans une dynamique commune et pacifique. Je soupçonnai même des membres de mon entourage de me jalouser ou d'espérer ma mort. Une fois consacrée martyre du futur royaume, je serais encore plus utile à leur ascension sociale, puisqu'ils continueraient à me vénérer en se présentant comme mes héritiers et resteraient les derniers détenteurs authentiques de mon message.

Je sentais parfois le vent glacial des querelles intestines et des complots siffler dans mon dos. Pourtant, je chérissais toujours mon peuple et sa jeunesse. J'avais rendu un hommage solennel aux braves parmi les braves qui avaient offert leur vie au champ d'honneur, à la gloire de Dieu et de Dona Béatrice, reine céleste qui méritait sa place aux côtés de la Vierge. J'avais réprimé ma profonde peine et feint la satisfaction des grands soirs. En vérité, à la manière des anges du paradis, j'aurais préféré gagner la paix par l'amour du prochain, convaincre et séduire plutôt que de soumettre par les armes.

Le nombre de mes adeptes ne cessait de croître, pourtant j'avais réussi l'exploit de devenir à la fois l'ennemie des Portugais et celle des Bakongos friands de pouvoir : j'étais crainte du roi de Bula, des autorités de Luanda et du souverain du mont Kibangu.

Après des premiers faits d'armes encourageants, mon armée d'Antonins se crut invincible ; bientôt, le royaume serait réunifié et un roi régnerait sur le Kongo, comme je l'avais prophétisé. Mbanza Kongo prospérait, le sort de la plupart de mes fidèles s'était considérablement amélioré, au point que les arrivants se montraient moins sensibles à mes visions et à la religion que je portais. Si les sujets affluaient encore vers la capitale pour se protéger des marchands d'esclaves et des brigands, la plupart étaient motivés par l'espoir d'y faire des affaires lucratives.

Autour de moi, les considérations morales et éthiques tendaient à décliner au profit des velléités d'enrichissement. Le jeu sournois des intérêts politiques m'attristait autant que les luttes d'influence, les conciliabules à voix basse, les avantages et les passe-droits qui se négociaient argent comptant. J'avais souhaité provoquer l'avènement d'une société nouvelle, fondée sur des valeurs profondes qui auraient permis à tous d'interagir plus harmonieusement, de tisser des rapports de respect mutuel, d'amour et d'équité. Or ce qu'Appolonia et moi avions entrepris un an et demi plus tôt s'apparentait aujourd'hui à ce qui se pratiquait à Bula, à Kibangu ou même à Luanda : la violence légale s'imposait comme une force incontournable, et les riches marchands faisaient en sorte que leurs intérêts priment sur toute autre considération. Je peinais à retrouver de l'allant, d'autant que je n'étais plus qu'une figure sans cesse utilisée : par les soldats pour justifier leurs penchants belliqueux, par mes fervents adeptes comme source d'inspiration, par mes ennemis comme support de leur ressentiment. Chacun selon ses besoins voyait en moi un prétexte idéal pour s'inventer une raison de vivre, de croire, de rêver ou de déverser ses frustrations. Depuis que je m'étais éveillée à mon corps, le statut d'icône qui m'avait été attribué me semblait devenir un habit trop large que je peinais à porter. Le piédestal sur lequel mon peuple m'avait placée, bien que flatteur, avait fini par m'isoler ; surtout, il m'éloignait de moi-même.

João réapparut dans cette période où le vague à l'âme et la mélancolie assombrissaient mes yeux de lune. Il se mêla de nouveau à la file des arrivants ;

cette deuxième rencontre fut encore plus frustrante que la première, mais il revint le lendemain et les jours qui suivirent. Il n'y avait qu'auprès de João que j'arrivais à trouver du réconfort. Il m'écoutait attentivement et prenait toujours soin de vérifier qu'il m'avait bien comprise. Les rares fois où il consentait à me prodiguer un conseil, c'était parce que je le lui réclamais avec insistance ; João se contentait d'être simplement présent pour moi.

À ses côtés, j'existais en tant que personne à part entière, sans autres considérations. Parfois, je décelais dans son regard une lueur très vive qu'il essayait de cacher, par timidité. J'espérais que, pareil au mien, son cœur était animé de sentiments. Même si l'intensité de mon attirance pour João restait toujours aussi puissante, j'apprenais à apprécier les instants passés avec lui sans en attendre davantage et je me résolvais à vivre les transports de mon corps de manière solitaire. Il n'y avait qu'au moment des accolades que nos énergies entraient en communion. Ces étreintes furtives duraient chaque fois plus longtemps, ce qui me faisait frissonner.

Selon un accord tacite, nous essayions de rester le plus mesurés possible, puisque pareille aux saints et aux missionnaires, à l'image de la Vierge Marie, je me devais d'être un exemple de chasteté et de faire taire mes élans amoureux. Jamais João n'était entré dans ma cabane. Je l'emmenais plutôt arpenter les champs en contrebas de la capitale pour m'enivrer avec lui de parfums et de couleurs. Malgré nos efforts de discrétion, Appolonia nous lançait des regards suspicieux. Il n'avait pas échappé à la vieille accoucheuse que sa protégée avait changé depuis le retour de son ancien compagnon de route. D'ailleurs, ce João était doté d'un physique très avantageux et savait se montrer charmant et serviable : il aurait pu conquérir n'importe quel cœur. Pour la sexagénaire, il ne faisait aucun doute que Dona Béatrice et lui avaient succombé à leurs attraits respectifs. D'après son expérience, ce n'était qu'une question de temps avant qu'ils ne commettent l'irréparable, car leur mariage lui paraissait improbable. Alors, elle serait sollicitée pour ses talents de faiseuse d'anges. On avait beau être une prophétesse, une résistante qui menait les hommes à la guerre et se consacrait entièrement à son peuple, les appels du corps obéissaient à des lois capables d'éloigner un cœur tendre de ses priorités.

Chibenga aussi soupçonnait une idylle secrète entre les deux anciens collégiens. Si je l'avais fortement impressionné et séduit par mes idées lors de mes allocutions à Kibangu, le temps avait passé, et son admiration s'était muée en un sincère mais simple respect. Aujourd'hui, il me trouvait souvent distraite, peu attentive, à un moment où le pays abordait un point de bascule. J'avais changé, regrettait Chibenga, depuis que je n'avais plus d'yeux que pour mon bellâtre, qui du reste ne lui inspirait pas du tout confiance : il lui semblait mielleux et faux, trop lisse pour être honnête. À son avis, João cachait son jeu.

Le commandant en chef de l'armée de Mbanza Kongo estima que le destin du royaume et du peuple ne pouvait en aucun cas reposer sur les atermoiements d'une adolescente obnubilée par un premier amour. Chibenga jugea qu'il n'était pas encore temps de m'écarter, puisque ses hommes avaient juré de mourir pour moi. Il décida de profiter des bouleversements intérieurs qui m'affaiblissaient pour me pousser à prendre des décisions qui renforceraient sa mainmise sur le pouvoir. L'officier supérieur m'expliqua que la menace qui planait sur la ville ne s'était pas éteinte avec la dernière victoire de ses Antonins, bien au contraire. Il suggérait de passer à l'offensive sur Kibangu avant que Pedro IV n'ait reçu des renforts venus de Luanda. Ainsi réussit-il à m'imposer une levée de fonds en vue d'équiper ses troupes d'armes plus performantes, et le droit d'augmenter considérablement le nombre de ses recrues. Très fatiguée et à court d'arguments, j'acceptai toutes ses requêtes et devins à mon tour seigneur de guerre : je déclenchai un nouveau conflit fratricide au Kongo.

Les Antonins chantèrent toute la nuit les louanges de Dona Béatrice. Ils dansaient, juraient de me prouver leur loyauté de manière plus éclatante encore que dans leur première bataille. Le sang des imposteurs coulerait abondamment ; ils se donnaient quelques mois d'entraînement intensif pour s'exercer au maniement de leurs nouvelles armes, puis l'amour du véritable Dieu et de leur reine les mènerait à la victoire totale. Enfin, avec les larmes des traîtres, ils laveraient les humiliations subies depuis trop longtemps ; bientôt, le monde entier tremblerait en entendant leur nom, celui du peuple élu.

C'était un vendredi soir : je me retirai dans ma cabane dans l'espoir de mourir. Désormais, mon discours ne m'appartenait plus, certains lui donnaient des développements contraires à mes convictions. Qu'avais-je donc provoqué ? Étais-je vraiment devenue une reine guerrière, moi qui haïssais la guerre plus que tout ? Le puissant Chibenga et ses hommes ne faisaient que traduire mes prophéties en actes, mais à leur manière. Le corps glacé et le cœur sec, je me recroquevillai sur ma natte en fibres végétales, en m'attristant de l'immense vide à mes côtés. M'était-il seulement possible d'exister ailleurs ? Un frisson d'angoisse me fit trembler de la tête aux pieds ; je me crispai et fermai les yeux. À l'extérieur, la fête battait son plein : Mbanza Kongo célébrait les lendemains merveilleux qui se profilaient dans une inquiétante cacophonie d'hymnes à la gloire du sacrifice entonnés à tue-tête, de mains qui frappaient sur des tambours avant de s'abattre sur les ennemis et surtout de rires hystériques d'hommes ivres, impatients d'étancher leur soif de sang. Le vin de palme rougissait les yeux, désinhibait les appétits charnels et promettait des heures interminables de sensualité débridée. Le commandant en chef encourageait ses recrues. C'était peut-être la dernière fois pour eux : bientôt débuterait leur dure préparation militaire. Les instructeurs feraient souffrir les soldats pour les transformer en combattants ignorant le remords et la clémence et méprisant toute vie, à commencer par la leur, mais au service d'une noble cause, qui excluait la pitié pour les adversaires. En observant la ferveur des Antonins, leur détermination à toute épreuve, Appolonia était rassurée. Que sa jeune protégée faillisse ou pas, elle avait réussi à réveiller les Bakongos ; le pays était sauvé.

Les échos de la liesse me parvenaient assourdis. João osa entrer dans la cabane faiblement éclairée par les rais de lune qui s'infiltraient par les interstices entre les rondins. Il s'accroupit à mes côtés sans un bruit. Submergée par le chagrin, je n'avais pas remarqué sa présence ; je sursautai lorsqu'il posa sa main sur mon épaule, fondis en larmes et lui tendis les bras. João m'accueillit en creusant sa poitrine.

« Calme-toi, Kimpa, ne pense plus à rien. »

D'une voix feutrée, il fredonna une berceuse de mon enfance : l'histoire de l'enfant noyée qui, du fond des eaux, appelait sa sœur aînée à l'aide et la suppliait de ne pas l'oublier. Je m'arrêtai de pleurer, m'écartai un instant et plongeai mon regard clair de lune, plus lumineux que jamais, dans les yeux de João. Je ne lui avais à aucun moment parlé de ma jumelle. Mon cœur ne connut plus de doutes : cet homme-là était mon élu.

Alors qu'il restait immobile, je posai mes lèvres épaisses et chaudes sur les siennes, l'étreignis et le déshabillai à la hâte. Le désir grondait en moi depuis déjà trop longtemps. Il me rongeait, me consumait. Je l'embrassai à pleine bouche, couvris son visage de baisers, parcourus son torse de mes doigts, de ma langue ; je cherchais parfois à sonder brièvement ses pupilles, pour m'assurer que nous étions bien ensemble. Je souriais, haletais, à la découverte du corps dont je rêvais chaque nuit, celui qui enflammait le mien et me procurait l'extase solitaire. L'heure de la vivre avec lui avait sonné. Je voulus le faire pivoter afin de deviner les contours de son dos athlétique dans la pénombre, mais il résista d'abord. Surprise qu'il freine notre élan, je l'interrogeai du regard ; il hésita, baissa la tête et s'exécuta.

Des traînées de chairs fibreuses lacéraient sa peau des omoplates jusqu'à l'orée des fesses ; les cicatrices s'enchevêtraient et formaient une sinistre mosaïque. Je me figeai : quel genre d'esprit sadique avait pu faire preuve de tant de cruauté sur un être si bon que João ? Lui pleurait le souvenir amer de l'enfer qu'il avait traversé, la laideur indélébile qu'il présentait à son aimée et sa honte. Je lui murmurai de sécher ses larmes, puisqu'il avait su résister et survivre ! Les monstres qui avaient dépensé leur temps et leur énergie à lui faire endurer des supplices toujours plus affreux, ceux-là s'étaient avilis et couverts d'opprobre. Je caressai chaque empreinte de son calvaire, sans lui poser la moindre question. Je souhaitais que la course tendre de mes phalanges sur ses plaies lui fasse oublier les heures affreuses gravées sur sa peau. La mémoire scellée dans le dos de mon João m'appelait, elle voulait m'alerter, insistait pour me faire le récit d'une terrible tragédie. Je refusai d'écouter. Je souhaitais savourer l'instant présent.

Je me dévêtis à mon tour dans l'obscurité striée de lumière argentée. João m'observait, passif, l'air mal assuré ; je supposai que, pour lui aussi, ce serait la première fois. Mes bras sur sa taille, je le retournai avec des gestes lents, puis l'enjambai sans quitter son regard. J'inspirai profondément et le guidai en moi. La douleur me fit mordre les lèvres. Je modérai l'ardeur de mes mouvements afin d'accompagner notre union, sans brusquerie. Mes hanches ondulaient à la recherche d'une cadence commune ; j'invitai João dans ma danse, me libérai, donnai plus d'amplitude à mes gestes. Tout en le chevauchant, je me tenais sur la pointe de mes orteils, la paume de mes mains plaquée sur sa poitrine. Enfin, je m'abandonnai. Soudain, João se raidit, m'immobilisa en me saisissant les cuisses, avant d'émettre un long râle de satisfaction. J'essayai de poursuivre un peu, en rythme, mais mon amant ne réagissait plus. Alors, je me résignai et me pelotonnai à l'angle de son épaule et de son cou. João s'endormit, tandis que, dans le noir, je restai les yeux ouverts. Plus seule encore qu'auparavant, j'espérais que revienne enfin la mort.

Les semaines qui suivirent ne furent que désillusion. Je respectais João et ressentais encore de l'affection pour lui, mais quelque chose s'était fissuré dans notre relation, une promesse de passion avortée à l'épreuve de la réalité. Après notre nuit d'amour, il m'avait rendu visite à plusieurs reprises ; mais chacune s'était déroulée de la même manière décevante. Nos corps ne s'accordaient pas comme je l'avais rêvé. S'il restait mon ami le plus proche, le seul avec qui je prenais plaisir à m'entretenir, il était préférable, compte tenu du risque d'être surpris, qu'il se tienne hors de ma cabane. Il le comprit et se contenta de ce rôle de confident. Mais des silences toujours plus longs s'immisçaient dans nos conversations. Je ne voyais plus en João celui avec qui je pouvais partager les bouleversements que j'étais en train de vivre. Je venais d'avoir vingt ans ; mon corps continuait à changer sans que je puisse l'expliquer. Je me fatiguais beaucoup plus vite que d'ordinaire, dormais trop longtemps, d'un sommeil très lourd qui ne me reposait pas vraiment.

Surtout, l'indifférence de João au sort de Mbanza Kongo m'éloignait de lui. Pour se préparer à la guerre, Chibenga et ses officiers avaient transformé la capitale en camp retranché. Les jeunes recrues avaient érigé une palissade surmontée de pics de métal tout autour de la ville pour la défendre en cas de siège. Une partie des champs cultivés avaient été rasés et remplacés par des espaces hérissés de pieux pointus plantés en biais qui ralentiraient l'assaut éventuel de l'ennemi. Les mois passèrent et, pour éviter que ne l'infiltrent des espions à la solde des Portugais ou de Pedro IV, la cité céleste commença à revoir sa politique d'ouverture : des contrôles de plus en plus stricts furent infligés aux malheureux qui venaient y trouver refuge. Les Antonins interdirent l'accès de familles entières à Mbanza Kongo, quelques individus jugés suspects furent même incarcérés. Un homme qui criait à l'injustice en forçant le passage fut abattu d'une flèche dans le dos.

Chibenga en personne me conseilla de ne plus m'aventurer à l'extérieur des remparts, au prétexte que son armée ne pouvait plus y assurer ma sécurité. Partout au Kongo, affirmait-il en fronçant les sourcils, le peuple savait que la guerre entre les Antonins, les Portugais de Luanda et les hommes du mont Kibangu était déclarée. Tout le pays à l'exception de Mbanza Kongo constituait dorénavant une zone à très haut risque. Je me voyais ainsi refuser l'une de mes dernières distractions, ces promenades aux premières heures du jour durant lesquelles je pouvais m'abreuver de frais, de couleurs, contempler l'œuvre de Dieu et admirer la renaissance de la capitale. Plus le déclenchement des hostilités approchait, plus la vénération des Antonins – surtout des plus jeunes – pour leur Dona Béatrice s'accentuait. Un peu trop zélés à mon goût, ils se montraient particulièrement agressifs envers les adversaires de la nouvelle foi et n'hésitaient pas à s'attaquer violemment aux fétiches traditionnels. *In fine*, les Antonins participaient plus que les missionnaires à détruire la spiritualité ancestrale des Bakongos. Du lundi au vendredi, par groupes d'une centaine, ils se rassemblaient une fois par jour devant ma cabane, afin que j'expose encore et encore les contours de la mission que Dieu m'avait confiée pour sauver le royaume du Kongo. Ensuite, je me retirais pour mieux pleurer jusqu'au dimanche matin. J'appréhendais tant l'avenir que, parfois, j'aurais préféré que le temps remonte.

Depuis cette nuit fatidique avec João, mon horizon s'était fermé ; mes rêves ne trouvaient plus d'inspiration. Hier source de ravissement, mon corps m'était devenu étranger, me pesait désormais comme un boulet. Confuse et souvent nauséeuse, j'éprouvais d'énormes difficultés à demeurer lucide. Si bien que j'étais incapable d'évaluer la date de mes derniers saignements menstruels.

Je partageai mes inquiétudes avec Appolonia. Intriguée, l'accoucheuse me lança d'abord un regard inquisiteur et me proposa de m'examiner. Je me déshabillai ; aucun changement notoire de physionomie n'était à observer. Les doigts experts de la sexagénaire inspectèrent plus avant mon intimité. L'ancienne faiseuse d'anges s'arrêta, écarquilla les yeux, répéta le même geste l'air épouvanté. Elle conclut, incrédule, que non seulement un enfant dormait en mon sein, mais que sa gestation arrivait à son terme. Une heure plus tard, la grossesse que je niais depuis huit mois gonfla ma poitrine et arrondit mon ventre.

En sortant de la cabane, Appolonia me cracha au visage :

« Tu as gravement fauté, Kimpa ! »

Désormais, je représentais un danger pour la survie du formidable élan que j'avais initié. L'accoucheuse me proposa l'impensable : l'avortement en toute discrétion. Je ne pouvais en aucun cas me résoudre à un acte que le Seigneur aurait réprouvé. Appolonia Mafuta n'était plus celle que j'avais connue. Alors que j'étais sonnée, elle décida de m'exfiltrer au plus vite de chez moi, de Mbanza Kongo.

« Emmène ton João loin d'ici, il risque de provoquer la colère des Antonins qui pourraient l'accuser de t'avoir violée… Qu'il s'en aille. Sinon, ils le lyncheront. »

Jamais je n'aurais imaginé me réjouir de quitter un jour Mbanza Kongo. J'avais la sensation d'y dépérir. Me savoir enceinte depuis si longtemps me rassura : les désordres corporels de ces derniers mois s'expliquaient enfin. L'attitude et les mots dégradants d'Appolonia ne m'avaient pas perturbée ; à ses invectives, je n'avais rien répondu. Consciente que le temps pressait, je décidai de partir me cacher pour accoucher à la source de la rivière Mpozo, là où j'avais vu le jour. Sans aucun scrupule, je chargeai Appolonia d'annoncer à mes fidèles de ne pas s'inquiéter de mon absence, puisque pendant quelques semaines je me consacrerais au dialogue avec le ciel afin de m'assurer du soutien de Dieu dans la grande guerre à venir.

J'informai João. Il considéra d'abord ma grossesse subite comme un miracle supplémentaire à mon actif, avant de prendre peur. Mais il accepta de me suivre où je voudrais bien l'emmener et de m'assister tant que j'aurais besoin de lui. Même si nous n'étions plus amants, je pouvais compter sur son soutien. Je portais la chair de sa chair et, dans l'état de grande vulnérabilité où je me trouvais, il était la seule personne à pouvoir m'aider. Nous nous embrassâmes. Notre enfant nous offrirait peut-être l'occasion d'écrire une nouvelle page de notre histoire. Je lui adressai un regard affectueux et lui souris alors que nous nous préparions à partir à la faveur de la nuit. Appolonia avait soudoyé des gardes qu'elle avait aussi menacés de maudire s'ils s'avisaient de l'empêcher de quitter la ville avec ses amis ou s'ils ne tenaient pas leur langue.

Recouverts de tissu noir de la tête jusqu'aux épaules, João, Appolonia et moi nous échappâmes de la capitale sans être reconnus. Nous nous engageâmes sur les flancs du coteau en slalomant autour des pieux, et, lorsque je me retournai, si loin en contrebas de ma ville adorée, je n'aperçus que la masse noire de la palissade, telle une sinistre barrière infranchissable et repoussante.

Alors que nous arrivions à la source de la rivière, João estima que nous nous situions beaucoup trop près des Antonins. Il proposa de progresser plutôt vers la plaine au pied du mont Kibangu, un endroit qu'il connaissait très bien pour y avoir grandi, où du reste personne ne nous chercherait puisqu'il s'agissait d'un territoire ennemi. Appolonia demeurait mutique depuis notre départ et n'avait pas quitté une seule fois sa mine renfrognée. Elle regarda le jeune homme d'un air sceptique : l'idée était saugrenue, voire insensée. Mais j'avais une totale confiance en João. La prophétesse décida de rebrousser chemin, pour s'occuper de mes fidèles avant de revenir m'aider à accoucher.

João et moi poursuivîmes notre route à travers des sentiers qu'il connaissait par cœur. J'aimais l'idée que notre fils ou notre fille naisse au pays de son père. Avant la fin du jour, nous nous installâmes dans une clairière près d'un ruisseau. João déroula la natte qu'il portait en bandoulière, puis il m'y coucha. Épuisée, je décidai d'y passer la nuit, goûtant la quiétude et la fraîcheur du crépuscule, les balbutiements des airs chantés par les animaux nocturnes, leurs parades nuptiales, leurs cris. Le souffle du vent bruissait une douce mélodie sur les larges feuilles des grands arbres. La nature calme et sereine m'ouvrait les bras, elle s'apprêtait à m'accueillir, me chuchota-t-elle à l'oreille. J'entendais les plantes, les insectes, le chœur des populations minérales et vivantes de l'intérieur de la terre entonner un hymne de bienvenue. Je plongeai mes doigts dans l'humus tiède pour les remercier : l'heure approchait, bientôt je m'unirais à eux tous et chérirais le sol du Kongo pour l'éternité. Mes poumons s'emplirent de senteurs sauvages ; mon âme tourmentée s'était soulagée.

Je me réjouissais de me retrouver enfin à l'écart des dangers, des complots et des tragédies en gestation. Heureuse de n'être plus qu'une femme parmi tant d'autres, en attente du miracle de la vie qui s'impatientait, je caressai mon ventre et souris en sentant mon petit bouger. Mon bébé avait hâte que je lui offre la lumière. Je n'appartenais plus aux Antonins ni à mes ennemis. Qu'importe s'ils m'en voulaient d'avoir changé, de ne plus correspondre au fantasme de pureté que tous projetaient sur moi. Dieu m'avait certainement guidée jusqu'à ce lieu paisible qui ressemblait à notre ancien repaire dans la jungle. Saint Antoine m'avait sans doute aidée à me libérer, puis à me mettre à l'abri de ceux qui m'épuisaient par leurs sollicitations et m'utilisaient à leur profit.

À trop m'insurger, j'avais ressassé de l'aigreur, m'étais souillée du goût amer du mépris que je pouvais ressentir parfois envers mes adversaires, et m'étais oubliée. Je m'étais aussi éloignée de Kimpa Vita, de l'adolescente qui, jadis, au terme de son initiation, avait accepté de revêtir les vêtements de gloire. Je n'étais plus non plus Dona Béatrice, la sainte qui accomplissait des miracles, bénissait les uns et soignait les autres. Le Tout-Puissant m'avait éclairée : j'appréciais cette sérénité d'exister exclusivement dans une sorte de détachement, de désert intérieur en attente de l'accouchement.

Je finis par me blottir contre la poitrine de João. Mon esprit se libérait des incertitudes que me réservait l'avenir. Tout ce qui m'importait désormais était au creux de ma chair. Alors que je m'assoupissais, João murmura :

« Kimpa, je vais profiter de la nuit pour aller nous chercher des vivres. »

Sans me laisser le temps de prononcer un mot et sans me regarder, il m'embrassa.

L'obscurité régnait depuis déjà une heure lorsque les premières contractions secouèrent le bas de mon ventre. João n'était toujours pas revenu, or le travail s'accélérait. J'essayai de réguler mes respirations, mais mon abdomen semblait se déchirer de l'intérieur. Mon corps n'était qu'un condensé de douleur. J'évitais de crier pour ne pas être repérée ; et João ne revenait toujours pas. Il me fallait changer de position : je plaquai la paume de mes mains sur la terre et poussai tant que je pus pour me soulever, les dents serrées. Les fesses mouillées par un bain visqueux d'eau et de sang, je réussis péniblement à caler ma colonne vertébrale contre un tronc d'arbre, mais je haletais encore et parfois m'étranglais.

Alors, je m'inspirai de mon expérience de l'épreuve de la Difficulté : pour mon enfant, je devais me rendre invincible, résistante au pire. Je rehaussai mon bassin en forçant sur mes cuisses, invoquai saint Antoine de Padoue afin qu'il me donne l'énergie de maîtriser la douleur, d'inspirer lentement, d'expirer longuement. Je m'accrochai jusqu'à ce que la lumière vive d'un désert céleste m'aveugle. Sur le point de défaillir, je priai Dieu d'épargner au moins mon bébé, qui peinait à trouver son chemin vers le monde. Aux ancêtres, je demandai de conserver la vie qui palpitait dans son minuscule corps. Mes yeux s'ouvrirent à nouveau ; je retrouvai enfin mes esprits. Je réussis à déchiffrer puis à accompagner l'élan du nouveau-né qui cherchait à quitter mes entrailles. Prête à l'accueillir, je poussai très fort une dernière fois, en plaçant mes deux mains sous mon entrejambe. Du fond de ma poitrine retentit un long râle qui fit écho dans la plaine.

Peu avant l'aube, le cri primal de mon fils déchira lui aussi la quiétude de la clairière. Je le recueillis, le lavai dans l'eau claire de la rivière et le posai sur mon sein après l'avoir enroulé dans le tissu de ma robe blanche.

Au loin retentit le hurlement d'un primate ; d'autres lui firent écho. Ce fut une série d'appels gutturaux qui me sortirent du sommeil. Des animaux que je n'arrivais pas à identifier se mirent aussi à émettre des cris stridents. J'avais passé suffisamment de temps dans la jungle pour reconnaître les signaux d'alarme de la faune sauvage : une menace était dans la forêt. Le vacarme des singes en fuite parmi les branches et les feuilles des grands arbres se rapprochait. Je crus d'abord qu'un fauve chassait dans les sous-bois, mais, lorsque les oiseaux s'envolèrent subitement des alentours de la clairière, je distinguai des sons réguliers sur le sol : des hommes marchaient au pas dans ma direction. Le bruit, comme un roulement, s'intensifiait à mesure que se réduisait la distance qui les séparait de mon petit et de moi ; et João n'était toujours pas revenu. Les bêtes ayant déserté les environs, seuls le claquement de bottes et le tintement d'armes de métal résonnaient jusque dans la canopée. Une armée venait à ma rencontre ; qu'il s'agisse de troupes portugaises, de fantassins de Kibangu ou même des Antonins de Chibenga, je nous savais perdus. Je me réjouis de l'absence du père de mon enfant – lui, au moins, échapperait à la captivité.

Le détachement de la garde royale de Pedro IV me surprit en train d'allaiter mon bébé en fredonnant une berceuse. Pour la sérénité de mon fils, je m'efforçai de contrôler mes tremblements. J'arrivai à le nourrir, sans précipitation, en lui soufflant à l'oreille qu'il s'appellerait Antoine, du nom d'un très grand croyant, d'un saint homme. Ainsi, nous profitâmes de nos derniers instants de liberté.

Les militaires, sur le qui-vive, se déployèrent et m'encerclèrent. Calmement, je les regardai l'un après l'autre ; de quoi avaient-ils peur ? Je sortais à peine de couches et tenais un nourrisson dans mes bras. L'un d'eux annonça :

« Compagnie : la reine ! »

Tous s'allongèrent en un même mouvement lorsque s'approcha une somptueuse chaise à porteurs tenue par quatre domestiques. Ils la déposèrent délicatement, déroulèrent un tapis rouge dans ma direction, puis aidèrent Hipolita-Maria à sortir de la cabine. Compte tenu de son rang, il était impensable que ses pieds royaux foulent le sol d'une terre nue. Elle était vêtue d'une longue robe en satin rouge et coiffée d'un large ruban noir piqué de pépites d'or, de perles grises et de pierres précieuses. Ses doigts et ses bras étaient cerclés de bijoux de jade et d'argent. Elle était magnifique. Les fantassins se relevèrent, deux sentinelles se postèrent devant moi. Son Altesse avança lentement, s'arrêta à deux mètres de nous en me fusillant du regard, puis lâcha dans un sourire :

« Petite sotte ! »

Ensuite, elle claqua des doigts. Un de ses serviteurs accourut, un plateau d'épines dans les mains qui cachait un objet recouvert d'un tissu blanc. En retirant le linge immaculé, l'homme découvrit la tête de João, la saisit par les cheveux et la brandit. Comment oublier l'horrible rictus de douleur sur le visage de mon ami décapité ? Je serrai machinalement Antoine contre moi afin de détourner ses yeux du macabre trophée. Hipolita savourait sa victoire. Ma bouche sécha si vite qu'aucun sanglot ne put en sortir. La reine parla très lentement, de la glace dans la voix :

« Je te l'avais envoyé. Puis il m'est revenu, comme je le lui avais ordonné. Je te le rends, désormais ! Si cela peut te consoler, sache que c'est pour sauver sa mère et ses sœurs qu'il t'a trahie ! »

Un cri intérieur perça mon ventre et vibra jusque dans mon âme ; le chagrin faisait battre mon cœur à une vitesse telle que j'eus l'impression de sombrer. J'entendis à peine la reine ajouter :

« On ne devient pas reine avec des rêves et des bons sentiments. Pour régner, il faut diriger le peuple d'une main de fer. »

L'épouse de Pedro IV frappa dans ses mains, les soldats s'emparèrent de moi, arrachèrent de mes bras la chair de ma chair, avant de prendre la direction de Kibangu. Du haut de son trône de bois, Hipolita ouvrait la marche, tandis qu'on me traînait en queue de cortège, les mains liées. Je ne pensais plus qu'à mon bébé, suppliais qu'on me le rende. Mais mes geôliers se contentaient de tirer sèchement la corde nouée autour de mes poignets pour me signifier de me taire et d'avancer. Mes yeux de lune avaient été bandés : la détresse donnait à mon regard une gravité mélancolique susceptible de déstabiliser les soldats. Sur le chemin, je trébuchais, me relevais difficilement. J'étais livrée à la bassesse des troupes qui n'hésitaient pas à m'insulter et à m'humilier. J'avais les genoux et la plante des pieds écorchés, le visage couvert de boue, les habits en lambeaux. Je versais un lourd tribut pour avoir déçu mes fidèles et menti à ceux qui avaient placé tant d'espoir et de confiance en moi. Ma tentative de fuite s'était soldée par un échec, l'anéantissement était total ; et bientôt, par ma faute, une nouvelle guerre civile ravagerait le Kongo.

Une fois au mont Kibangu, on me fit patienter à l'extérieur de l'enceinte et retira le bandeau de mes yeux. Je trouvai les abords du palais dépeuplés : ceux qui m'avaient jadis acclamée et adulée m'avaient définitivement tourné le dos. La reine, qui m'avait précédée, avait rejoint son mari aux côtés de Bernardo da Galla, complétant le trio de juges du tribunal improvisé.

Le simulacre de procès se déroula à huis clos, afin d'éviter d'éventuels débordements. Par la voix de l'Italien, la cour rendit ainsi son verdict :

« Au nom de Notre-Seigneur Jésus-Christ, nous condamnons la dénommée Dona Béatrice pour meurtre sur un ecclésiastique, pour hérésie, mais aussi pour avoir contesté la sainte Église catholique et propagé de graves désordres à l'ordre public dans tout le royaume du Kongo. L'inculpée a sciemment renié Dieu. Nous détenons des preuves formelles de ses impostures. Cette femme de mauvaise vie n'a jamais été sainte. Son intelligence avec le Malin a détourné de bons chrétiens du droit chemin. Elle a mené une existence contraire à la morale, l'atteste la naissance d'un enfant hors mariage après des actes répétés de fornication. Ces faits ont été certifiés par le malheureux João Barro, un jeune homme que l'emprise maléfique de Dona Béatrice a conduit à sa perte. Or il faut agir avec la plus grande sévérité, car d'autres suivent son exemple. »

Le missionnaire s'enflammait :

« Dans de nombreuses localités se diffuse cette dangereuse dissidence religieuse. Un homme se fait appeler saint Jean, des femmes se présentent sous les noms de sainte Lucie, sainte Anne ou sainte Isabelle, osant même entendre les confessions et administrer les sacrements. Partout, des ecclésiastiques sont décriés, expulsés, parfois battus ou assassinés. »

Je souris. L'Italien enragea et me pointa du doigt :

« Voyez, elle ne pleure ni ne se plaint, est-ce là la réaction d'une véritable femme ? Seule une ensorceleuse peut faire preuve d'une telle arrogance. Ce n'est ni plus ni moins qu'une engeance du diable. Aussi, nous ne témoignerons d'aucune clémence à son encontre, puisqu'elle s'est laissée aller à la tentation de Satan. »

Hipolita-Maria montra des signes d'ennui et d'agacement ; Pedro IV invita le père Bernardo à abréger avant que n'advienne quelque diablerie dont j'avais le secret.

« En conséquence, Dona Béatrice sera brûlée comme le méritent les sorcières. Nous réduirons son corps en cendres afin qu'elle ne connaisse jamais la paix éternelle. Puissent ses restes ne nuire à personne ! »

L'hérétique Appolonia Mafuta, ma complice, fut condamnée par contumace à la pendaison. Mon fils bénéficierait de la clémence de la cour et serait confié à une nourrice, une jeune maman vendue l'après-midi même à un marchand d'esclaves brésilien. L'on espérait qu'il se noierait dans l'océan Atlantique ou disparaîtrait dans l'immensité du Nouveau Monde, très loin du Kongo.

Pour éviter un soulèvement du peuple de Kibangu, ils entendaient appliquer la sentence dès le lendemain.

Les heures de la nuit qui précédèrent mon exécution furent rythmées par de terribles intempéries, comme si le ciel courroucé s'acharnait sur la terre pour témoigner sa désapprobation. La construction de l'échafaud à Evolulu, un petit village reculé, et les indiscrétions des soldats fiers de leur prise avaient alerté la population alentour. Nul n'avait dormi, tous pleuraient l'assassinat de l'espoir, puisque allait être immolée la plus valeureuse des enfants du Kongo. Nous étions le 2 juillet 1706. J'avais encore vingt ans. Après les orages pointa un vilain matin gris, timide, froid et brumeux.

Je gisais sur le sol glacial et humide de mon cachot plongé dans l'obscurité et m'étonnais d'être encore de ce monde. Du sang coulait de l'intérieur de mes cuisses ; je souffrais mais ne pleurais pas. Plus tôt, les soldats s'étaient échinés à m'avilir. Ils avaient bu, ri aux éclats de supplicier la vierge du Kongo, à tour de rôle. Ils s'étaient esclaffés en me demandant si j'en voulais davantage, moi qui préférais les plaisirs charnels à l'amour du Seigneur, puis ils avaient recommencé. Je leur avais abandonné mon corps, mon âme y survivrait – n'avais-je pas triomphé de l'épreuve de la Difficulté ? Et puis mon fils serait épargné, je le savais, un peu de ma chair demeurerait sur la Terre après mon départ. Peut-être mon enfant rejoindrait-il un jour ceux qui avaient juré de n'oublier ni les mots ni l'espoir que j'avais insufflés ? Il reprendrait le flambeau.

Alors que mes geôliers s'acharnaient sur moi, je fixais de mon regard de lune leurs yeux assombris par l'alcool et par la jouissance du mal qu'ils m'infligeaient. Par mon détachement, je signifiais à chacun qu'il se flétrissait seul, sans moi, jusqu'au dernier qui m'avait giflée si fort que ma tête avait cogné la pierre. Je m'étais alors évanouie, indifférente : je n'avais ni colère ni mépris à lui offrir, encore moins de haine, mon cœur n'en portait pas une once.

En reprenant conscience, je ne pensai plus à moi mais au Kongo. J'avais échoué et laissé le pays sans autorité légitime, l'unité n'avait pas non plus été restaurée. Je regrettais d'avoir failli, manqué à mes devoirs pour jouir des plaisirs du cœur et du corps. On avait fait de Dona Béatrice une femme impure, sans valeur ni honneur depuis qu'elle avait perdu sa virginité. Moi seule savais combien les heures passées à aimer mon corps avaient été divines.

Des rivières de larmes s'amoncelaient sous mes paupières gonflées. À l'extérieur de la prison, le ciel aussi pleurait, il s'enflait de bourrasques qui sifflaient et tourbillonnaient, il sanglotait des perles de rosée sur la boue du Kongo. Un filet de lumière éclaira ma cellule lorsque les gardes entrèrent et me saisirent par les épaules. Comme j'étais trop faible pour me redresser, ils m'attachèrent les poignets, me traînèrent sans ménagement sur le sol du couloir ; je n'étais plus qu'un animal mené à l'abattoir.

Ni Hipolita-Maria ni Pedro IV ne jugèrent nécessaire de se déplacer pour ce qu'ils considéraient sans doute être une formalité. Mais j'aperçus une cinquantaine de villageois rassemblés dans le brouillard de l'aube. Me voir dans un tel état, brisée, le visage tuméfié, leur tira une clameur d'effroi. Il y eut des cris, des gémissements, puis un triste chœur de plaintes. Des femmes, des hommes et des enfants, une poignée de fidèles venus me rendre hommage et m'accompagner jusqu'à mes derniers instants ici-bas. Je les distinguais mal, mais mon âme tendue vers l'au-delà ressentit l'immensité de leur chagrin. Leur désarroi me peinait davantage que les plaies sur ma peau. Pour les consoler, je devais réagir, trouver au fond de moi la force de résister une dernière fois. Je convoquai la sagesse des défunts, appelai à l'aide mon frère saint Antoine, pour l'amour des humbles du Kongo. Alors, à quelques pas de l'échafaud, je tournai mon visage vers mes adeptes, inspirai profondément, nourris mes poumons de la fraîcheur du matin et leur adressai un sourire empreint de compassion.

La magie revint d'abord à travers une sensation de chaleur intense qui m'embrasa tout entière. Suivit la moiteur sur mes mains, enfin un vertige me fit chanceler ; je dansais, ondulais du bassin et riais. Étourdi, mais revigoré, mon esprit rejoignait les nuages.

Kimpa Vita s'envola. Elle surplombait le monde, admirait les paysages du Kongo, puis retrouva un instant les méandres de lianes de la jungle. Elle s'imprégna de chlorophylle et de la flore sauvage, puis plongea dans le tumulte du grand fleuve indompté. Enfin, elle courut dans la savane et grimpa les pentes de Mbanza Kongo, puis revint se mêler aux disciples venus assister à son exécution. La guerrière les embrassa tous un par un et rassura chacun avant de remonter sur l'échafaud.

Kimpa Vita redressa la tête, haussa les épaules, toisa les gardes qui la maintenaient et se dégagea de leur étreinte avec autorité. D'un mouvement souple, elle arriva à se libérer des liens qui l'enserraient. Elle passa devant le bourreau sans le voir. L'homme hésita, puis la laissa avancer, d'autant qu'elle ne fuyait pas. Non, elle progressait sur la pointe des pieds vers le bûcher, tandis que son regard scintillait au cœur de la bruine. Les lamentations se turent, l'assemblée reconnaissait la combattante d'hier : une reine du Kongo ne périssait pas de la sorte. Kimpa Vita s'était ressaisie, son élan se propageait parmi ses fidèles. Alors, ils adoptèrent à leur tour une attitude digne mais silencieuse. Tous suspendus à ses lèvres, prêts à bomber le torse et à lever le poing, ils attendaient un miracle.

Dans des gestes très lents, elle se défit de son habit blanc de condamnée, taché de salissures et de sang. Pour cette nouvelle mort, elle préférait voyager drapée de la seule nudité offerte par sa mère le jour de sa naissance. Il fallait que tous admirent la beauté de ce corps que les hommes croyaient avoir souillé ; Kimpa Vita était de retour. Elle fit quelques pas toujours sur ses orteils et s'adossa au poteau. Puisqu'elle avait fauté, elle allait en payer le prix.

« J'ordonne que soit exécutée la sentence du laquais des ignorants. Toi, masqué d'une cagoule noire, fais ton office, presse-toi ! Dieu et saint Antoine m'attendent, là-haut, au cœur du vaste désert céleste ! »

Le père Bernardo blêmit : le cauchemar continuait. Les Bakongos témoins de la scène, animés par un nouvel élan, s'agitaient ; et l'incrédulité des soldats les plongeait dans une dangereuse apathie. En particulier ceux qui s'étaient vantés auprès de leurs camarades de s'être obstinés sur elle toute la nuit. Eux qui pensaient l'avoir réduite à néant n'étaient rien face à cette femme de petite taille, plantée sur des jambes fines et musclées, à l'allure guerrière. Malgré ses blessures émanaient de Kimpa Vita une élégance et une noblesse singulières. Certains hommes de troupe jetèrent leurs armes, s'agenouillèrent ou s'enfuirent, d'autres sursautèrent lorsque le père Bernardo ordonna au bourreau de provoquer l'incendie sur-le-champ, le menaçant d'être lui-même exécuté s'il continuait à tergiverser. L'homme se signa et obéit en frémissant, convaincu qu'il s'apprêtait à brûler une sainte au visage étincelant.

Kimpa Vita se tenait droite et digne, dos au poteau, et releva le menton. Dès les premières flammes, elle commença à entonner un chant d'adieu ponctué de « Je vous salue Marie ». Ses traits apaisés ne témoignaient d'aucune souffrance ; sa tête bascula nonchalamment de droite à gauche. Parfois, elle s'arrêtait et suçait sa langue quelques secondes.

À ses yeux grands ouverts, plongés dans le gris foncé environnant, apparut une vision de Mbanza Kongo en proie à des massacres. Bien avant l'assaut à coups de canons et de mousquetons de l'armée de Pedro IV, Hipolita-Maria avait envoyé des émissaires dans l'ancienne capitale pour diffuser la nouvelle de la capture de Dona Béatrice, prétendue vierge, et de la naissance de son fils. Nombre de ses fidèles avaient été ébranlés : certains la détestaient, quelques-uns avaient souhaité sa mort. Le doute avait fortement entamé l'enthousiasme des Antonins, leur ferveur avait été balayée par la consternation. Le courage avait quitté le gros de la troupe. Ces soldats qui s'étaient sentis autrefois invincibles, tirant leur force de leur foi inébranlable en leur sainte, s'enfuyaient désormais dans la brousse et dans la forêt. Beaucoup étaient réduits en esclavage avant d'être déportés, dispersés, embarqués sur des navires en partance pour le Nouveau Monde, afin d'empêcher qu'ils ne se rassemblent et ne se rebellent un jour. En pensée, elle vit des officiers bakongos de Kibangu et de Bula offrir ses fidèles les plus fervents aux Portugais pour les remercier de leur soutien logistique et rembourser ainsi les armes qu'ils avaient fournies. Ceux-là seraient jugés dans leurs villages d'origine, condamnés au supplice de la roue, et leurs cadavres mutilés, exposés aux regards en guise d'exemple. Aux fuyards qui réchappaient à la traque, elle envoyait ses larmes et des prières de consolation pour leur transmettre la force de continuer à porter fièrement leurs couronnes d'écorce, de chanter les louanges de leur prophétesse reine afin que la résistance ne meure jamais, et qu'un jour la cohésion et l'union règnent à nouveau jusqu'à la fin des temps, parmi tous les descendants des fiers Bakongos disséminés aux quatre coins de la Terre.

Pedro IV réussit à prendre Mbanza Kongo. Son cheval piétina Appolonia à mort, et le roi insista pour assassiner Chibenga de ses propres mains avant de planter sa tête décapitée au sommet de la croix qui surplombait la cathédrale, sous les hourras de ses soldats. Sur les flancs du coteau, les champs fleuris brûlaient sous un gigantesque incendie tout autour de la capitale que désertaient les militaires, chargés de leur butin. La ville se consumait, et avec elle disparaissaient les vestiges d'un rêve. L'utopie partait en fumée. La cité qui se voulait céleste ne serait bientôt plus qu'un amas de ruines semblables à celles de l'enfance de Kimpa Vita.

La vision de ce qu'il adviendrait de Mbanza Kongo se dissipa. Un brasier commençait à se propager aussi sur l'échafaud. Les rayons d'un soleil radieux dispersèrent les derniers nuages, tandis que des ruisseaux de feu léchaient les jambes de Kimpa Vita. Le brun de son corps brilla encore quelques instants d'une lueur vive avant de s'assombrir. Kimpa Vita, la reine des Bakongos libres et fiers, disparaissait peu à peu sous l'épaisse fumée noire. Le petit bois s'enflammait rapidement sous l'effet de la brise. De la jeune femme, il ne restait que l'écho d'une voix qui couvrait le crépitement des souches rougies ainsi que l'explosion étouffée des bûches qui se fendaient, et les cris de douleur de ceux qui crurent que tout se terminait dans les cendres. Mais ses paroles, alors qu'elle s'en allait, s'élevèrent du sinistre et caressèrent toutes les oreilles, comme si, pour entretenir l'espoir de tout un peuple en perdition, elles devaient résonner aux tympans de chacune de ses sœurs, de chacun de ses frères, des femmes et des hommes, et de leur descendance. Elle harangua encore la foule, une dernière fois :

« Mourir est facile et banal ! Perfectionnez l'art de survivre qui, pareil au funambule, vous poussera à trouver l'équilibre entre l'espoir et la résignation ! »

Elle les encourageait à résister, à ne pas renoncer, à ne jamais oublier Kimpa Vita et à chérir ses principes :

« Vivez dignes et heureux ! »

Elle se remit à chanter, sourit à ses adeptes qui ne la voyaient plus, ni ne l'entendaient. Par petits groupes, ils quittaient la scène où s'achevait le spectacle de Kimpa Vita transformée en torche humaine.

Quant à moi, j'étais soulagée. Après d'interminables années d'attente depuis l'épreuve de la Difficulté, ma sœur jumelle était enfin à mes côtés, éblouissante, avec un corps de flammes et de bois qui se détachait lentement du sinistre. Le feu de ses yeux effaça les dernières ombres dans mon regard, elle me bénit, me purifia. Elle apparut comme à son habitude, réservée, très calme, me caressa les joues puis m'enlaça jusqu'à se fondre avec moi en un même nouveau-né qui glissa lentement dans l'eau claire de la source, sous la lumière orange du crépuscule. Au moment de remettre mon âme aux ancêtres et à Dieu, afin qu'ils puissent me garder auprès d'eux pour l'éternité, je savais que Kimpa Vita survivrait bien longtemps après sa longue nuit de mort. Elle renaîtrait de la poussière et ressusciterait de nouveau, un jour, certainement un dimanche matin, peu avant le début de la messe.

Du haut de mon bûcher, je ne craignais plus rien. J'étais prête à plonger dans les abîmes du temps. Je partis sereine en contemplant la terre de mes ancêtres, le seul et unique paradis cher à mon cœur : le Kongo et son peuple.

FIN

Remerciements

Cher Ya Jean de Dieu N'Sondé, c'est bien grâce à ton expertise historique que j'ai pu donner corps à Kimpa Vita, merci.

Je salue également la confiance, l'enthousiasme et l'accompagnement de l'équipe éditoriale des éditions Robert Laffont. Merci à Alice d'Andigné, Delphine Roché et Gabriel Zafrani.

Ce livre existe grâce au travail de toute une équipe.

Communication : Caroline Babulle, Sabrina Bendali, Inès Paulin, Adélaïde Yvert.

Coordination administrative : Martine Rivierre.

Studio : Pascaline Bressan, Barbara Cassouto-Lhenry, Joël Renaudat.

Fabrication : Muriel Le Ménez, Céline Ducournau, Bernadette Cristini, Sophia Paroussoglou, Isabelle Goulhot.

Commercial, relation libraires et marketing : Catherine Lauprêtre, Perrine Therond, Ombeline Ermeneux, Élise Iwasinta, Morgane Rissel, Arthur Rossi, Aurélie Scart.

Cessions de droits : Elisabeth Stempak, Benita Edzard, Lucile Besse, Sonia Guerreiro, Costanza Corri.

Gestion : Sophie Veisseyre, Chloé Hocquet, Isabelle Déxès, Camille Douin.

Services auteurs : Viviane Ouadenni, Jean-François Rechtman, Catherine Reimbold.

Ressources humaines : Mylène Bourreau.

Juridique : Laëtitia Doré, Anaïs Rebouh, Valérie Robe, Lucie Bergeras, Julia Crosnier.

Avec le soutien des équipes d'Interforum et d'Editis qui participent à la création, la diffusion et la distribution de ce livre.

Canoros Vehit Canentes

Composition et mise en pages
par Facompo Lisieux

#lisez! engagé
www.lisez.com
Pour plus d'information :
Imprimé sur du papier issu de forêts gérées durablement.

CET OUVRAGE
A ÉTÉ ACHEVÉ D'IMPRIMER
SUR ROTO-PAGE
PAR L'IMPRIMERIE FLOCH
À MAYENNE EN MAI 2023

N° d'édition : 65824/01 – N° d'impression : 102650

Imprimé en France